책이나 읽을걸

책이나 읽을걸

유즈키 아사코 지음 | 박제이 옮김

21세기북스

차례

French Literature **그래도 꿈꾸기를 포기할 수는 없다**

절망 속에서 더욱 눈부신 부잣집 아가씨의 낙관주의　　　12
기 드 모파상 「여자의 일생」

지루한 삶보다는 파멸일지라도　　　17
귀스타브 플로베르 「보바리 부인」

좋은 점도 있는 남자에게 제안하는 여자의 우정　　　22
오노레 드 발자크 「골짜기의 백합」

정숙한 아내이기를 거부한다　　　27
몰리에르 「아내들의 학교」

선악이 뒤엉키는 여자들의 관계　　　31
쇼데를로 드 라클로 「위험한 관계」

평범한 싱글 워킹맘의 착실한 일상은 어떻게 무너지는가　　　36
에밀 졸라 「목로주점」

몸뚱이밖에 없는 여자의 통쾌한 성공 스토리　　　41
에밀 졸라 「나나」

남자의 마음을 훔치는 연애 교과서　　　45
마리 라파예트 「클레브 공작부인」

사랑의 주도권을 장악하는 외모　　　49
조르주 상드 「소녀 파데트」

자각 없이 이성을 휘두르는 재능　　　53
아베 프레보 「마농 레스코」

나는 왜 남편을 죽이려 했을까　　　57
프랑수아 모리아크 「테레즈 데케루」

노골적인 야심이 도달하는 곳   61
스탕달 「적과 흑」

Japanese Literature   **혼자서도 걸어갈 수 있도록**

착하지 않은 여자가 날리는 말의 화살들   66
하야시 후미코 「방랑기」

천의 얼굴을 가진 여자   70
아리요시 사와코 「악녀에 대하여」

여자들의 그리운 수다   74
고다 아야 「흐르다」

초육식계 두 여자의 핑퐁   78
우노 지요 「오한」

사랑보다 지루한 일상에   82
무코다 구니코 「옆집 여자」

여자를 위한 남자의 요리   86
다나베 세이코 「대답은 내일」

손에서 손으로, 초밥의 관능과 위로   90
오카모토 가노코 「초밥」

농밀하고 달콤한 부녀의 보물 상자   94
모리 마리 「달콤한 꿀의 방」

아름다운 부부애는 자연스럽게 드러난다   98
다케다 유리코 「후지 일기」

애플파이와 사랑의 상관관계 102
오사키 미도리 「애플파이의 오후」

여자가 무섭다고? 남자는 더 무서워! 106
야마사키 도요코 「여자의 훈장」

아가씨의 압도적인 행동력 110
이누카이 미치코 「아가씨 방랑기」

혼자서도 억척스럽게 인생을 포기하지 않는 힘 114
미야오 도미코 「기류인 하나코의 생애」

여자들의 진한 우정 118
이시이 모모코 「환상의 붉은 열매」

신학기의 반짝거림이 추억으로 변할 때 122
쓰보이 사카에 「스물네 개의 눈동자」

원죄와 용서 126
미우라 아야코 「빙점」

마음 가는 대로 싱싱하게 살기가 얼마나 어려운지 130
가모이 요코 「오후의 댄서」

다른 사람을 미워하지 않도록 마음을 지키다 134
노미조 나오코 「누마 고모」

삼각관계에서 사랑의 균형 따위는 없다 138
세토우치 자쿠초 「여름의 끝」

거짓말이 통하지 않는 소녀들의 가차 없는 세계 142
요시야 노부코 「꽃 이야기」

남편보다 하루라도 더 오래 사는 길밖에 146
엔치 후미코 「온나자카」

18세기에 탄생한 원조 로맨틱 코미디   152
제인 오스틴 『오만과 편견』

없어도 사는 데 지장은 없지만 인생의 맛은 사라지는   156
서머싯 몸 『과자와 맥주』

오래된 저택의 마력에 사로잡히는 인간 드라마   160
헨리 제임스 『나사의 회전』

그들의 비극은 천성의 문제   164
에밀리 브론테 『폭풍의 언덕』

당당하게 사랑을 요구하는 목소리   168
샬럿 브론테 『제인 에어』

어긋나는 대화의 오싹한 불편함   172
루이스 캐럴 『이상한 나라의 앨리스』

세상에서 가장 유명한 상속 소설   176
찰스 디킨스 『위대한 유산』

눈앞의 순간순간을 먹어치우는 여자의 숨결   180
버지니아 울프 『댈러웨이 부인』

피고용인은 어떻게 일의 보람과 긍지를 찾는가   184
가즈오 이시구로 『남아 있는 나날』

무섭고도 너무나 슬픈 최고의 미스터리   188
애거사 크리스티 『봄에 나는 없었다』

타인에게 공감하려면 충분한 티타임이 필요하다   192
E. M. 포스터 『하워즈 엔드』

빅 브라더도 침범할 수 없는 마음의 영역 196
조지 오웰 『1984』

American Literature · 우리를 빛나게 해주는 것

매혹적인 여자에게 반드시 따라붙는 추문의 실체 202
너새니얼 호손 『주홍 글자』

여자의 솔직한 욕망을 긍정하는 남자 206
마거릿 미첼 『바람과 함께 사라지다』

재능 있는 딸이 가족을 지키는 법 210
루이자 메이 올컷 『작은 아씨들』

서서히 꽃피는 소녀의 반짝반짝 빛나는 하루하루 214
로라 잉걸스 와일더 『초원의 집 8 눈부시게 행복한 시절』

마음이 이끄는 방향으로 나아갈 수밖에 218
허먼 멜빌 『모비 딕』

몇 번이고 다시 태어날 수 있는 존재 222
퍼트리샤 하이스미스 『캐롤』

오늘을 무사히 살아내며 자신을 구하는 방법 226
존 스타인벡 『분노의 포도』

상류사회의 까다로운 규칙은 무엇을 지키는가? 230
이디스 워튼 『순수의 시대』

우리 곁을 지켜주는 오직 한 사람 234
프랜시스 스콧 피츠제럴드 『위대한 개츠비』

도망칠 수 없는 일상의 빛   238
제임스 M. 케인 「포스트맨은 벨을 두 번 울린다」

이루지 못한 꿈들이 얼어붙어 있는 시공   242
트루먼 커포티 「다른 목소리, 다른 방」

성실한 인간만이 자신을 웃음거리로 만들 수 있다   246
존 어빙 「가아프가 본 세상」

작가의 말 나의 세계명작극장   250

그래도
꿈꾸기를
포기할
수는 없다

절망 속에서 더욱 눈부신
부잣집 아가씨의 낙관주의

『위험한 관계』의 세실과 『보바리 부인』의 에마, 그리고
『여자의 일생』의 잔. 내게는 하나같이 학창 시절의 같은
반 친구 같다. 늘 가슴 한 켠에 걸려 있다가 문득 그녀들
이 저지른 실수가 떠올라 나 자신을 돌아보기도 하고,
때로는 그녀들의 결단에 용기도 얻는다.

내가 18~19세기 프랑스 문학작품에 빠져드는 이유
는 여주인공이 대체로 수도원에서 자라서일까? 당시
수도원은 프랑스 부유층이 시집보내기 전까지 딸을 맡
기는 곳이었다. 동시에 은근히 지위를 드러내는 수단이
기도 했다. 요즘으로 치면 부잣집 아가씨들만 다니는
여학교랄까? 참고로 나는 정숙과는 거리가 먼, 흙냄새
풀풀 풍기는 활기찬 학교를 다녔다. 하지만 중고등학교
모두 여자아이들에게 둘러싸여 지내서인지 여주인공

이 수도원에서 자랐다고 하면 절로 친근감이 인다.

상대가 여중, 여고를 나왔다는 말만 들어도 금세 마음을 열 수 있을 것만 같다. 수도원 출신과 여학교 출신의 공통점은 동성이라는 이유만으로 마음을 열어주는 너그러움, 이성에게 경계심이 강한 듯 보이면서도 살짝 바보스러운 순진함, 넘어지더라도 꼭 뭔가는 손에 쥐고서야 일어서는 묘한 강인함이다.

기 드 모파상의 소설 『여자의 일생』은 흔히 비극이라고 불린다. 이제 막 수도원을 나온 잔은 유복한 가정에서 듬뿍 사랑받으며 자란, 전도유망하고 아름다운 아가씨다. 하지만 그런 그녀의 포부는 하나같이 꺾이기만 한다. 그리고 딱히 잘못한 일도 없는데 만년까지 고달픈 인생이 이어진다. 모파상은 잔의 인생을 냉담한 필치로 그렸다. 연애도 결혼도, 나아가 출산과 육아도 여성을 진정으로 구원해줄 수 없다. 오히려 뒤통수치기 일쑤다. 여자는 나이를 먹을수록 고독해지는 법이다. 마치 나보다 오래 세상을 산 친구에게 잔혹한 진실을 들은 듯 명치끝이 묵직해진다.

그때 그녀는 자신이 할 수 있는 일이 아무것도 없다는 사실과 이제 영원히 아무것도 할 일이 없다는 사실을 깨달았다.

하지만 신기하게도 이 작품을 읽으면서 기분이 가라앉지는 않는다. 아마도 잔이라는 여자의 힘, 뿌리에서 우러나오는 솔직함, 절망하고 또 절망해도 결코 믿음을 잃지 않는 힘 때문이리라. 언뜻 보기에는 가녀리고 연약한 공주님이 몰락하는 이야기 같지만, 잔에게서는 백치미에 가까운 배짱이 느껴진다. 그래서인지 책장이 쭉쭉 넘어간다.

최악의 남편인 쥘리앵과 부부로 살아가는 일은 잔에게 고통 자체다. 하지만 부모님 품에서 금이야 옥이야 곱게 자란 잔은 문제에 정면으로 맞서려 하지 않는다. 자기 힘으로 일어나 새로운 길을 개척하려는 생각은 꿈에도 없다. 아무리 시대와 환경이 다르기로서니 이렇게까지 수동적일 필요가 있느냐며 읽다가 짜증이 날 수도 있다.

그렇다고 잔이 가만히 참고 있느냐? 그렇지도 않다. 비참한 생활 속에서도 소소한 즐거움을 찾아내어 태연하게 미소 짓는 사람이 바로 잔이다. 순도 100퍼센트, 철없는 부잣집 아가씨만이 지닐 수 있는 낙천적인 그녀의 성격을 도저히 미워할 수 없다. 잔은 결국 바람기 많은 남편을 포기하고, 갈 곳 잃은 애정은 모조리 아들에게 쏟아붓는다. 이야기 후반부에서 남편을 깔보며 자지러지게 웃는 잔이 내뱉은 말은 어쩌나 의기양양한지 내 속이 다 시원하다.

이상하지? 나는 이제 아무렇지도 않네? 지금은 마치 남을 보는 것 같아. 더는 내가 그 남자의 아내라는 생각도 안 들어. 나를 미치게 하거든. 그 인간의…… 그 인간의…… 그 인간의 무례함이 말이야.

소설가 다나베 세이코(대표작으로 『조제와 호랑이와 물고기들』이 있다—옮긴이)는 '마음을 고쳐먹고 기운을 내는 것'이야말로 소중한 재능이라고 했는데 정말 맞는 말이다. 머릿속에 벌써 친구 여럿이 떠오른다. 그녀들은 심각한 문제를 안고 있어도 멋을 부리거나 맛있는 음식을 먹으면 단숨에 기운을 차리고, 친구와 수다를 떨며 기분 전환을 한다. 그녀들에게서는 하나같이 묘한 자신감이 보이고 즐거움마저 비친다. 경박해 보일 수도 있겠지만 그녀들은 강인하다. 절대로 자기감정을 남에게 떠넘기는 법이 없다.

문득 드라마 〈섹스 앤 더 시티〉의 여주인공 캐리 브래드쇼가 자신의 첫 책에 쓴 서문이 떠오른다. "영원한 낙관주의자, 어떤 순간에도 사랑을 믿는 샬럿에게 바친다"라는 헌사다. 개성 넘치는 친구들 속에서 가장 보수적인 샬럿의 강인함을 꿰뚫어 본 캐리도 좋고, 자신과는 정반대로 냉소적인 친구들과 잘 어울리는 샬럿의 언뜻 모자라 보이는 모습도 정말 좋다.

그렇다. 『여자의 일생』을 결코 어둡기만 한 이야기라고 매도할 수 없는 이유는 거기에 여자들의 우정이 있기 때문이다. 이야기가 막바지에 다다를 무렵, 충실한 옛 친구 로잘리가 잔을 위해 달려온다. 그녀의 재등장에 비로소 마음이 푹 놓였다. 로잘리는 슬픔에 잠겨 우울해하는 잔을 위로해주기도 하고, 때로는 가차 없이 질타하기도 한다. 잔의 가장 소중한 벗인 로잘리. 때로는 다정한 엄마 같다. 마지막까지 제 버릇 개 못 주고 아들에 이어서 이번에는 손녀에게 꿈을 의

탁하려 하는 잔에게, 로잘리는 무뚝뚝하지만 따스함이 깃든 말을 던진다.

> 세상이라는 게 말이야. 생각만큼 좋지도 않지만, 그렇다고 또 나쁘지도 않더라고.

앞으로도 살아가다 보면 수없이 실망하고 배신당하겠지. 그래도 꿈꾸기를 포기할 수는 없다. 이윽고 잔에게서 본 희망의 빛을, 나로서는 믿을 수밖에 없으니까.

● 기 드 모파상, 〈여자의 일생〉, 신인영 옮김, 문예출판사, 2005
● 기 드 모파상, 〈여자의 일생〉, 이동렬 옮김, 민음사, 2014

지루한 삶보다는
파멸일지라도

아, 팜파탈이 되어 마음껏 즐기며 살고 싶어라.

영화나 소설에 심심찮게 등장하는 팜파탈. 그녀들은 자유분방하게 살면서도 미움받지 않는 유리한 지위에 있다. 여러 남자와 마음껏 데이트를 즐기고, 하고 싶은 말은 거리낌 없이 내뱉으며, 행동도 제멋대로다. 날마다 설렘과 두근거림을 만끽하며 온갖 사치를 누린다. 여자라면 누구나 한 번쯤 이런 백일몽 같은 삶을 꿈꾸지 않을까?

귀스타브 플로베르의 『보바리 부인』에 등장하는 에마가 바로 그런 여자다. 절세미인은 아니지만 날씬하고 귀엽다. 에마는 수도원을 나오자마자 의사인 샤를르에게 첫눈에 반해 결혼한다. 능력 있고 자상한 남편에게 사랑받으며 그 사이에서 예쁜 딸도 태어났다. 에마는 안정된 사모님 인생을 제대로 거머쥔다. 거기다가 에마는 젊은 서기관 레옹, 그리고 바람둥이 로돌프와 두근거리는 비밀 연애까지 즐긴다. 이것만 보면 이 여자 정말 복 터졌네, 싶어 부러움에 입이 딱 벌어진다. 하지만 이 소설은 무엇 하나 모자랄 것 없는 주부가 밑 빠진 독처럼 채울 수 없는 마음을 안은 채 파멸로 곤두박질치는 과정을 하나부터 열까지 낱낱이 그려낸 작품이다.

에마, 대체 뭐가 불만이야? 하지만 내 의문은 오래 지나지 않아 풀리고 말았다. 에마의 남편 샤를르가 지독하게 지루한 남자였던 것이다.

> 그러나 이 사람은 아무 말도 해주지 않았다. 그리고 아무것도 몰랐다. 아무것도 바라지 않았다. 그는 에마가 행복하다고 믿었다. 하지만 에마는 그가 차분하게 가라앉아 있는 모습이, 모른 척 시치미를 떼고 어슬렁거리는 모습이 한심했다. 무엇보다 자신이 그에게 행복을 안겨준다는 사실이 분했다.

무미건조하지, 센스라곤 찾아볼 수도 없지, 심지어 아내도 자기처럼 행복하리라고 철석같이 믿고 있는, 그야말로 아무 생각 없는 샤를르를 보면 에마가 복장을 터뜨리는 이유도 알 것 같다. 그렇지 않아도 에마는 로맨스를 향한 기대가 매우 컸다. 수도원 생활이 길었던 탓이다. 내가 줄곧 꿈꿔온 왕자님은 이런 남자가 아니야. 나, 이

대로 이런 남자 옆에서 그저 나이만 꼬박꼬박 먹는 거야? 이런 생각에 눈물이 그렁그렁 차오르며 절로 발을 동동 구르게 되는 에마의 마음이 내게도 전해졌다.

에마도 본성은 고지식한지라 처음에는 이를 악물며 바람기를 억누른다. 그러나 여자를 능수능란하게 다루는 로돌프의 품에 폭삭 안기는 순간, 결국 마음의 **봉인**은 뜯기고 만다.

> 에마는 "내게는 연인이 있어! 연인이 있다고"라고 연거푸 말했다. 게다가 자신에게 두 번째 봄이 불현듯 찾아왔다고 생각하니 진심으로 기뻤다. 지금껏 포기하고 살아온 사랑의 기쁨, 그 열띤 행복이 드디어 손아귀에 들어오려 했다. 그녀는 영묘하고 불가사의한 세계에 들어가려는 참이었다. 그곳에서는 모든 것이 열정이고 황홀이고 광란이었다.

연애 초기에 흘러넘치게 마련인 황홀함에 읽는 나까지도 심장이 쿵쾅거린다. 로돌프라는 남자는 또 얼마나 연애 고수인지. 나쁜 남자라는 건 알지만 샤를르와 함께 있는 것보다 백배는 즐겁겠구나 싶다. 그와 연애를 시작하며 에마의 향락적 본성은 단숨에 폭발한다. 그녀는 몸단장과 데이트에 물 쓰듯 돈을 펑펑 쓴다. 그럴수록 남편이 더더욱 싫어진다. 이윽고 현실과의 괴리에 끙끙 앓는다. 급기야는 "이제 정말로 이 시시한 생활에서 나를 꺼내줘!"라고 외치며 로

돌프를 압박하기에 이른다. 하지만 노련한 로돌프는 그런 위험을 감수할 만큼 이 여자를 사랑하지는 않는다. 능구렁이처럼 쓱 빠져나갈 뿐이다. 눈에 눈물이 그렁그렁 맺히고 온몸은 달아오를 대로 달아오른 그녀 곁을 내가 다 지켜주고 싶을 지경이었다.

그렇게 에마는 시종일관 짜증을 내고 히스테리를 부린다. 샤를르를 보는 차가운 시선, 너무도 필사적인 데다 여유라곤 털끝만큼도 없는 내면 묘사를 읽을 때는 나도 모르게 킥킥, 웃음이 터져 나오려 했다. 사랑하는 남자에게 자기 속마음을 홀랑 까 보이며 매달리는데도 제 마음대로 안 될 거라는 사실을 깨닫자 에라 모르겠다, 이판사판이다 식으로 히스테리를 부리는 에마의 모습이 점차 통쾌해지기 때문이다.

이른바 '연애 체질'이라는 여자들이 대부분 느긋하지도 여유롭지도 않은 성격이라는 사실이 떠올라 "맞다, 맞아" 하며 무릎을 탁 쳤다. 욕심 많고 타협을 모르는 그녀들은 보통 여자들보다 몇 배는 애를 쓰며 늘 투쟁한다.

평온한 일상은 그녀들의 마음속을 채워주지 못하고, 가슴 저릿저릿한 로맨스는 안정을 가져다주지 않는다. 정직하게 산다 한들 행복하리라는 보장도 없다. 그러니 끝까지 지루한 현실과 끝까지 싸우다가 불꽃놀이처럼 사그라진 에마는 용감한 전사다. 친구들에게 푸념을 늘어놓으면서도 연인 앞에서는 이해심 많은 척하는 여자들, 방법으로서는 현명할지 몰라도 무엇보다 재미가 없다. 가끔은 연인의 면

전에다 대고 어처구니없는 요구를 해대며 혈압도 팍팍 올려주는 거다. 자고로 팜파탈은 언제 어느 때고 자기밖에 모르는 법이니까.

● 귀스타브 플로베르, 『마담 보바리』, 김화영 옮김, 민음사, 2000
● 귀스타브 플로베르, 『보바리 부인』, 민희식 옮김, 문예출판사, 2007
● 귀스타브 플로베르, 『보바리 부인』, 이봉지 옮김, 펭귄클래식코리아, 2013

좋은 점도 있는 남자에게
제안하는 여자의 우정

여중, 여고만 다녀서 그렇다고 할 수는 없지만 사실 삼십 대인 지금도 남자라는 존재를 잘 모르겠다. 내 작품에 등장하는 남자는 존재감이 옅다. 부끄럽지만 아직도 남자에게는 잘 이해되지 않는 면이 있어서 어떻게 묘사해야 할지 모를 때가 많다. 모처럼 이성 친구가 생겨도 사소한 일에 발끈하는 바람에 좀처럼 관계가 지속되지 않는다.

하지만 여자끼리는 무슨 이야기든 털어놓을 수 있고, 마음속 깊이 공감된다. '역시 여자 친구가 편하다니까' 하며 일 년 내내 붙어 다니기 십상이다. 단점이 보이고 어리광을 부려도 동성이면 용납이 된다. 그런 내가 오노레 드 발자크의 『골짜기의 백합』을 읽고는 생각이 바뀌었다. 남녀를 불문하고 조금이라도 우정이 느껴지는 상대라면 성별을 뛰어넘어 진지하게 관계를 이어가자는 투지마저 끓어올랐다.

『골짜기의 백합』에는 정계에 입문하려는 청년 펠릭스와 그를 둘러싼 세 여인이 등장한다. '골짜기'라고 불리는 시골 마을에 사는 정숙한 유부녀 모르소프 부인(앙리에트)과 파리 사교계를 주름잡는 화려한 플레이걸 더들리 부인, 그리고 펠릭스의 이야기를 들어주는 '의문의 여인' 나탈리 공작부인. 나탈리의 성격이나 펠릭스와의 관계는 결말에 이르러서야 알 수 있도록 구성되어 있는데, 이 마지막 대목이 또 제법 긴장감 넘친다. 고독한 소년 시절을 보낸 펠릭스는 딱 보기에도 다정함이 느껴지는 풍만한 미녀, 모르소프 부인에게 첫눈에 반한다.

헌신적으로 가정을 지키던 모르소프 부인도 펠릭스에게 끌리지만 그의 마음에 응하지는 못한다. 이렇게 긴긴 플라토닉 러브가 시작된다. 펠릭스가 모르소프 부인을 생각하며 골짜기에서 꽃을 꺾는 대목은 절로 한숨이 새어 나올 만큼 훌륭하다. 펠릭스는 자기 마음을, 온갖 들꽃을 모아 만든 '이루 말할 수 없이 아름다운 꽃다발'로 승화시킨다.

〈나를 책임져, 알피〉(찰스 샤이어 감독, 2004)라는 영화에도 꼭 닮은 장면이 나온다. 플레이보이 주드 로가 연상의 여인 수전 서랜던을 형상화한 멋진 꽃다발을 주문하고는 자기가 꺾은 꽃이라고 그녀에게 거짓말하는 장면이다. 아, 얼마나 낭만적인가!

그러나 사랑이란 마음의 교류만으로는 절대 충족될 수 없는 법. 펠릭스는 자기 욕구에 솔직한, 자유분방한 여인 더들리 부인(무척 매력적이다!)에게 끌린 나머지 두 여인 사이에서 심하게 흔들린다. 어느 쪽도 선택하지 못하고 주저하는 사이에 모르소프 부인은 죽음을 맞이한다. 숨을 거두기 직전, 조용하고 우아하기만 하던 그녀가 더들리 부인을 향한 질투를 폭발시키는 장면에서는 놀라지 않을 수 없었다.

> 나, 살고 싶어. 나도 말을 타고 싶어. 파리도, 사교계의 즐거움도, 기쁨도 뭐든 내 몸으로 직접 느끼고 싶어.

그러나 그 꿈은 끝내 이루어지지 않는다. 그녀는 진심을 털어놓은 편지를 남긴 채 세상을 뜬다. 그리고 드디어 펠릭스는 '듣는 이' 나탈리에게 이야기하기 시작하는데…….

헐! 처음 그 부분을 읽었을 때 나는 기겁하고야 말았다. 펠릭스의 이야기를 들어주는 나탈리는 가족도, 어릴 적 친구도 아닌, 친구 이상 연인 미만의 관계로 보인다. 그런데도 그녀에게 이런 무거운 이야기를 쉴 새 없이 쏟아내니, 놀랄 수밖에. 펠릭스는 간곡히 부탁한다. "당신이라면 모르소프 부인도, 더들리 부인도 될 수 있습니다. 어서 나를 구원해주십시오." 대체 이 무슨 염치없는 말인가. 하지만 이 말은 펠릭스의 진심이었으리라. 나는 도리질을 치면서도 받아들일 수밖에 없었다. 성녀이자 악녀, 어머니이자 연인. 이런 상반된 역할을 한 여인에게 얄미우리만치 태연스레 요구하는 남자야, 지금껏 내 두 눈으로도 여러 번 봐왔으니 말이다.

『골짜기의 백합』이 지금도 낡아빠지지 않은 걸작으로 남을 수 있는 이유를 이제부터 밝히겠다. "더는 나를 이상화하지 말아요"라고 나탈리는 속이 다 후련할 정도로 펠릭스의 마음을 딱 자른다. "모르소프 부인처럼 완벽한 성녀 이야기를 들으면 여자는 대부분 물벼락을 맞은 기분일걸요? 더들리 부인처럼 멋진 미녀와 비교당하면 자신감이 땅에 떨어질 수밖에 없을 테고요. 아무튼! 이제 지나간 여자 이야기는 그만해요. 당신을 정말 사랑하지만 당신과 사귈 마음은 없어요." 독자의 기분을 대변하기라도 하듯이 그녀는 펠릭스를 호되게 질책한다. 하지만 매몰차게 등을 돌리는구나 싶었던 그녀도 마지막에는 생각지 못한 말을 따뜻하게 건넨다.

나처럼 당신에게 이런 이야기를 숨김없이 솔직하게 털어놓는 여자는 없을 거예요. 얄미운데도 그런 티 하나 안 내고 연인 사이이기를 거절하면서도 본인이 먼저 친구로 남자고 제안하는 마음씨 고운 여자도요. 백작님, 정말로 찾아보기 힘들걸요?

당신의 충실한 친구로부터

지금껏 어딘지 모르게 일방통행이던 펠릭스를 확 끌어안는 여자가 드디어 나타났다. 이것만으로도 그의 고독하고 긴 여행은 막을 내렸다고 나는 믿는다. 꼭 연인 관계가 아니어도 좋다. 이상형이 될 필요도 없다. 귀찮고 치사한 줄 알면서도 "그래도 당신을 받아줄게요. 당신이라는 남자, 좋은 점도 있으니까" 하고 활짝 웃으며 고개를 끄덕일 수 있는 넓은 도량. 나는 모르소프 부인도, 더들리 부인도 될 수 없다. 우선은 나탈리처럼 남자와 인간 대 인간으로 마주하고 싶다. 늦었지만 시작해봐야지. 어려울 것은 없다. 그 남자에게서 단점이 보이더라도 여자 친구들에게 하듯 그를 믿고, 내가 줄 수 있는 우정을 모조리 쏟으면 되니까.

● 오노레 드 발자크, 『골짜기의 백합』, 정예영 옮김, 을유문화사, 2008

정숙한 아내이기를
거부한다

요즘 들어 걸그룹 아이돌을 응원하는 우리 세대 여성이 많이 보인다. '아이돌 그룹 전국시대'인지라 저마다 취향에 맞는 소녀들을 쉽게 찾을 수 있어서일까.

반짝반짝 빛나는 피부와 머리칼을 보면 질투는커녕 솔직히 눈이 즐겁다. 화려한 걸그룹 속에서 자기 나름의 매력을 호소하고 우정을 쌓아가는 그녀들에게 잠시 나 자신을 겹쳐본다. 그러면서 힘도 많이 얻는다.

하지만 스포트라이트를 받으며 빛나는 우등생보다는, 스캔들이나 불화로 걸그룹을 나가거나 소속사에서 떠밀린 소녀에게 나는 아무래도 마음이 쓰인다.

일본에서 '팬을 배신하는' 행위는 정말이지 가차 없이 비난당한다. '연애는 금지', '늘 웃는 얼굴', '살찌면 안 돼' 등등. 아무리 스스로 선택한 길이라고 해도 고작

사춘기 소녀가 주위 기대에 어찌 완벽히 부응하겠는가? 그 아이들도 어른이 되면 비로소 깨닫겠지만, 어린 시절에는 도저히 맞출 수 없었던 '규격 외 부분'이야말로 개성이며 재능일 때가 많은데.

빼어난 미소녀가 귀중한 청춘을 바쳐 방긋방긋 웃어가며 열심히 춤춰주는 것만으로도 감사한데, 탐욕스럽게도 그 이상을 바라다니. 너무 이기적이지 않나 싶어 고개를 갸웃하게 된다.

그래서 내가 희극 작가 몰리에르의 희곡 『아내들의 학교』를 읽고서 속이 시원했는지도 모르겠다. 이 작품을 읽다 보면 보수적인 아이돌 팬을 바라보는 시선이 약간은 누그러진다. 간단히 말하면 이 작품은 아이돌이 자신을 후원해준 남성 프로듀서를 지독히 배신하는 이야기, 즉 '히카루 겐지(『겐지모노가타리』의 주인공―옮긴이)'의 실패 버전이다.

부유한 중년 아르놀프는 가난한 미소녀 아녜스에게 첫눈에 반한 나머지 그녀를 자신의 정숙한 아내로 키우려 한다. 우선 수도원에 보내어 교육받게 하고, 그런 다음에는 자기 집에 가두다시피 하며 외부와의 교류를 완전히 차단해서 철저히 세상 물정 모르는 여자로 기른다. 아르놀프는 여자가 자신보다 잘난 것이 가장 두려운 남자였던 것이다.

현대의 히로인, 학식 있는 사모님들, 애정이다 연애다 떠드는 당신들이 시니 소설이니 연애편지니 학문 등을 뭉치로 들고 덤벼들어도 진정한 정조를 지킨, 이 세상 물정 모르는 여자를 당해낼 수 있을까요?

복종하는 것만이 당신 여자들이 할 일이다. 구레나룻이 있는 남자야말로 전능하다. (…) 자칫 잘못해서 여자의 길을 벗어난다면 재처럼 새카매지고 말리라. 모든 이의 눈에 역겹게 비치리라. 언젠가는 악마의 속삭임을 듣고는 영겁 지옥에 떨어져 펄펄 끓는 솥에 들어가게 되리라.

여기까지만 보면 하는 짓이 거의 범죄에 가깝지만 사실 아르놀프는 지극히 평범한 인간이다. 수줍음이 많으며 자신감은 바닥을 치고 신경질적인 데다가 허세를 부리기 일쑤고 여자에게 끌리면서도 실은 두려워서 어쩔 줄을 모른다. 아녜스는 그런 그를 지독하게 배신한다. 우연히 집 앞을 지나던 청년 오라스와 첫눈에 사랑에 빠지고 만 것이다. 그녀는 아르놀프의 방해에도 굴하지 않고 그를 떠나 오라스 곁으로 가려 한다. 철저히 순수하게 길러졌기 때문일까. 아녜스는 자기 뜻을 절대로 굽히지 않는다. 아르놀프는 필사적으로 아녜스를 어르고 달래지만 그녀의 마음에 그가 비집고 들어갈 틈은 없다. "지금까지 길러준 은혜를 원수로 갚다니 이 배신자!" 하며 씩씩거리는 아르놀프에게 아녜스가 외치는 반론은 꿈과 기대를 강요당한 소녀의 절절한 절규이리라.

맞아요. 정말로 훌륭히 키워주셨죠. 모든 면에서 제대로 교육받게 해주셨어요! 제가 건방지다고 생각하세요? 제가 제 우둔함을 깨닫지 못했다고 생각하시나요? 맞아요. 그건 저도 부끄럽게 생각해요. (…) 더는 철딱서니 없는 소녀로 살고 싶지 않아요.

지난해 말(2011년), 친구가 초대해줘서 보러 간 어느 아이돌의 은퇴 라이브 공연이 떠올랐다. 나는 그녀의 전성기에 크게 인기를 끌었던, 귀엽고 마냥 밝기만 한 무대를 기대하며 두근거리는 마음으로 공연장을 찾았다. 그런 나를 비웃기라도 하듯, 그녀는 히트곡 대신 섹시하고 파워풀한 자작곡을 선보였다.

솔직히 기대에는 좀 어긋났지만, 오랜 열성 남성 팬들이 무대를 보며 펜라이트를 경쾌하게 흔드는 모습을 보니 입이 다물어지지 않았다. 그렇다. 진정한 팬은 자고로 소녀의 자아와 자존심을 진심으로 지켜주는 법이다. 이따금 생각지도 못했던 행동을 하면 놀라기야 하겠지만 절대로 떠나는 일은 없다.

울먹이는 목소리로 공연을 이어가는 그녀에게 완전히 쉰 목소리로 응원을 보내던 남자들을 생각하면 바깥세상으로 뛰쳐나온 아녜스와 무참하게 버려진 아르놀프, 그 두 사람이 이후에 어떤 삶을 살아갈지 몹시도 신경 쓰인다.

●몰리에르, 「아내들의 학교」, 김익진 옮김, 고려대학교출판부, 2004

선악이 뒤엉키는
여자들의 관계

"어머, 유즈키 씨가 여중, 여고 출신이었어요? 어쩐지. 데뷔작인 『종점의 그 아이』를 읽었는데요. 여학교는 참 음습하고 뭔가 진흙탕 느낌이 나는 게 정말 무섭더라고요. 유즈키 씨는 여자들 틈에서도 눈치껏 잘 행동할 것 같은데 저는 무리예요."

처음 만난 사람에게 이런 말을 자주 듣는데 그럴 때마다 낙담한다. 오히려 나는 '여자들의 관계는 질척거려서 무섭다'라는 선입견과 맞서 싸운다는 생각으로 작품을 쓰고 있으니 말이다.

쓰면 쓸수록 오히려 역효과만 나는 건 아닐까? 나의 미숙함과 무능함을 고민한다.

애초에 '여자들의 막장 스토리'라는 말로 난폭하게 분류된 채 제대로 검증조차 되지 않은 사건은 많다. 쇼데를로 드 라클로의 『위험한 관계』는 악녀 이야기로 유명하지만, 그저 악역으로 규정짓기 힘든 메르테유 후작부인이 너무나 매력적이어서 무척 좋아하는 작품이다.

무대는 프랑스혁명 전야, 파리의 사교계. 수도원에서 갓 나온 양갓집 규수 세실은 기대에 잔뜩 부풀어 있다. 순진한 그녀는 아직 만나본 적 없는 왕자님이 나타나기를 꿈꾼다. 하지만 세실의 혼담 상대인 제르쿠르 백작에게 버림받고 한을 품은 여인, 메르테유 후작부인이 복수의 칼날을 갈고 있다는 사실은 까맣게 모른다. 사교계의 권위자인 그녀는 바람둥이 발몽 자작을 유혹하고는 그를 부추겨 세실을 타락시키려는 음모를 꾸민다. 더욱이 세실을 한결같이 사랑하는 기사 당스니, 그리고 발몽 자작을 사랑하게 되는 투르벨 법원장부인의 고뇌까지 얽히며 상황은 엎치락뒤치락, 선악이 마구 뒤섞이며 이야기는 혼돈의 극치를 달린다.

이 소설의 백미는 뭐니 뭐니 해도 등장인물끼리 주고받는 편지로만 이야기가 전개된다는 점이다. 시간의 흐름에 따라 몇 번이고 서신이 오가고, 이야기 상대가 정신없이 바뀐다. 이를 보며 왠지 트위터가 떠올랐다.

인물들의 겉모습과 속내를 동시에 엿보는, 나쁜 쾌감이 느껴진다. 아무리 그래도 겉으로는 모범적인 숙녀로 통하는 메르테유 후작부인의 여우 같은 모습에는 눈이 휘둥그레진다. 그녀는 이해심 많은 언니처럼 너그러운 척하지만, 사실은 세실을 궁지에 빠뜨릴 기회만

호시탐탐 노리기 때문이다. 그녀는 세실에게 이렇게 말한다.

어쩌면 열다섯 살이나 된 아가씨가 이렇게 천진난만하니? (…) 나
는 네 친구가 되어주려 했어. 네 어머니가 저러는 걸 보면 네 편도
필요하겠다 싶었거든. 네 어머니가 네게 갖다 붙이는 남자를 보면
더더욱!

이 부분을 읽으면서는 마음도 참 넓구나 싶었다. 하지만 그녀는
발몽 자작에게는 이렇게 말한다.

우리가 힘을 합쳐서 이 아가씨(세실) 어미와 제르쿠르 좀 애먹이자
고. 약간은 세게 들어가도 좋아. 이 아가씨는 그런 면에서는 겁이 없
기로 유명하니까. 이 아가씨야 우리가 목적을 달성하면 타격 좀 받
겠지. 솔직히 이 아가씨가 어떻게 되든 우리와는 상관없는 일이고.

어머나! 갑자기 암표범이 떠오르면서 등골이 오싹해지는데? 이
렇게까지 썩어빠진 본성을 드러내도 발몽 자작의 구애는 끊기는 법
이 없다. 부럽기도 하지. 혹시라도 '뭐 저런 여자가 다 있어?' 하면서
도 '만사에 똑똑하지, 여유롭지, 어떤 위기가 닥쳐도 낯빛 하나 바뀌
지 않고 헤쳐 나가다니, 너무 멋있잖아!' 하고 두 눈을 깜박이며 감
탄하고 있다면 너무 물러터진 거다! 그녀는 결코 안주의 땅에 머무

를 수 없는 여자다. 파워 게임 속에서만 살 수 있는 인간은 결국 아무도 못 믿으니까.

하지만 메르테유 후작부인이 고독한 소녀 시절을 고백하는 장면에서는 나도 깜짝 놀랐다.

> 나는 수도원 교육도 못 받았고, 좋은 친구 하나 없고, 엄격하기만 한 어머니에게 감시만 당했어. 그러니 늘 막연하고 걷잡을 수 없는 생각만 할 수밖에.

어쩌면 메르테유 후작부인의 심술에는 세실이 수도원에서 좋은 벗을 사귄 부러움도 섞여 있는지 모른다. 제아무리 처세에 능하고 남의 마음을 휘어잡는 소질이 있다 해도, 다른 사람을 궁지에 모는 것만이 자기 정체성을 확인할 수 있는 수단이라면 어찌 마음의 평온이 찾아오겠는가. 자칫 한 번이라도 발을 헛디디면 그대로 파멸로 곤두박질칠 수밖에 없다. 수도원을 나온 후 세상 물정을 몰라서 속기만 하는 세실이 수도원을 통해 구원받는 결말은 얄궂은 듯하면서도 중요한 실마리를 준다. 당시 프랑스에서 명성이 땅에 떨어진 사교계 여성을 받아주는 곳은 수도원뿐이었다.

그렇다. 우리 범인凡人의 가장 큰 무기는 상처받아도 돌아갈 곳이 있다는 사실인지도 모른다. 힘든 일이 생기면 믿을 수 있는 사람에게 도망치듯 달려가 울며 투정을 부릴 수 있으니 말이다. 결말에서 메르테유 후작부인은 모든 악행이 드러나고 급기야 병에 걸린다. 하지만 아무리 머리를 굴려도 도망칠 곳이 없다. 그저 지옥만이 기다릴 뿐.

그러나 나는 못내 아쉬웠다. '메르테유, 당신은 그런 일로 무너질 사람이 아니잖아. 다음 라운드에서 또 만나기를!' 하며 응원을 보내고 싶어졌다. 심술궂네, 무섭네, 이런 소리를 듣는 여자에게서 우리는 별수 없이 유머와 인간미 또한 느끼는지도 모른다. 도저히 정신을 못 차릴 정도로 별일이 다 일어나도 과연 그 배경에는 무엇이 있는지 가만히 들여다보게 된다. 도망은 언제든 칠 수 있다. 여자끼리, 서로 오롯이 이해하고 난 다음에 그때 도망쳐도 늦지 않다.

●쇼데를로 드 라클로, 『위험한 관계』, 윤진 옮김, 문학과지성사, 2007

평범한 싱글 워킹맘의 착실한 일상은 어떻게 무너지는가

지금 이 원고는 우리 집 거실 탁자에서 쓰고 있다. 산더미처럼 쌓인 흰 영수증 더미에 눈길을 주지 않으려 애쓰면서. 그렇다. 연말정산이 코앞으로 다가왔다. 프리랜서에게 일 년 중 가장 귀찮은 잿빛 시즌. 나는 아직 신인 작가라 필요경비인지 아닌지 구별하는 것조차 무척 어렵다. 책 한 권을 사도 취미 생활 때문에 샀는지, 일 때문에 샀는지 알 수가 없는 것이다. 대체 어느 쪽일까?

각 출판사에서 종이 한 장으로 정리해준 원천징수 내역이 어쩌나 걸리적거리는지 신경질까지 난다. 애당초 사무 능력이라고는 없는 사람이라 회사원의 길을 포기했는데, 설마 프리랜서 작가가 회계를 해야 할 줄이야! 어떤 직업이든 이걸 피할 길은 없다는 사실을 깨닫고는 눈앞이 캄캄해졌다.

딱히 엄청난 부자가 되고 싶은 것도 아니다. 돈을 쓰는 건 그렇게 재미있는데 왜 돈과 관련된 잡다한 일은 이리도 귀찮은 걸까. 차라리 모든 걸 잊고 완전히 파산해서 무일푼이 되고 싶을 정도다. '쪼잔하게' 영수증 따위를 일일이 모으며 살고 싶지 않다.

이렇듯 자포자기한 상태에서 읽은 책이 에밀 졸라의 『목로주점』이다. 열심히 일하며 검소하게 살아가는 여자가 긴장의 끈을 놓는 순간, '귀찮다'고 게으름을 피운 결과로 연달아 함정에 맞닥뜨리는 모습을 보고 뜨끔했다. 끝을 모르고 타락하는 여주인공의 심정에 소환당하는 것도 당연하다.

이 작품이 지금껏 소개한 프랑스 문학과 다른 점은 주인공 제르베즈가 귀족이 아니라 지극히 평범한 직업여성, 그것도 '싱글맘'이라는 사실이다.

세탁 일을 하는 제르베즈는 연인 랑티에에게 버림받았지만 둘 사이에서 얻은 아들을 키우며 씩씩하게 살아간다. 그런 그녀에게 반한 함석공 쿠포는 거침없이 애정 공세를 펼친다. 쿠포에게 자기 꿈을 이야기하는 제르베즈는 놀라우리만치 맑디맑은 여자다.

> 나는 말이야, 허황한 꿈을 꾸는 여자가 아니에요. 그렇게 욕심 많은 여자가 아니라고요. 내 바람이라면 그저 착실히 일하고, 하루 세끼 거르지 않고, 편히 잠들 수 있는 깨끗한 집이 있는 거예요. 침대 하나, 식탁 하나, 의자 두 개만 있으면 돼요. 더는 필요 없어요. 아, 맞

다! 그리고 내 힘이 닿는 한 아이들을 좋은 사람으로 키우고 싶어요.

두 사람은 조촐히 결혼식을 올리고, 소박하지만 착실하게 살아간다. 딸 나나가 태어났고, 돈도 웬만큼 모았다. 하지만 쿠포가 다치면서 그들의 행복에 그림자가 드리운다. 다쳐서 쉬는 동안 게으름이 몸에 배어버린 쿠포는 다 나은 뒤에도 일할 생각을 하지 않고 빈둥거린다.

이대로는 안 되겠다 싶어서 두 주먹을 불끈 쥔 제르베즈는 빚을 내서 세탁소를 차린다. 행복을 확인하기라도 하듯 그녀는 자기 생일에 손님을 잔뜩 초대하고, 심지어 결혼반지까지 저당 잡혀 진수성찬을 대접한다.

이 부분에 등장하는 요리가 압권이다. 특히 제르베즈가 득의양양하게 거위 통구이를 내올 때는 배 속이 절로 꼬르륵거릴 정도였다.

대학 시절 도쿄국립근대미술관 필름센터에서 본 영화 〈목로주점〉(르네 클레망 감독, 1956)에서도 이 장면은 아주 훌륭했다!

이윽고 사람들은 환성을 질렀다. 아이들의 흥분한 목소리, 기뻐서 날뛰는 소리가 들렸다. 제르베즈와 여자들은 의기양양한 모습으로 돌아왔다. 제르베즈는 거위 요리를 한 아름 안고서 말없이 걸어왔다. 땀이 송글송글 맺힌 얼굴에는 웃음이 가득했다. 뒤따라오는 여자들의 얼굴도 밝았다. 맨 뒤에서는 나나가 눈을 휘둥그렇게 뜨고서

까치발로 거위를 보려고 애썼다. 식탁에 오른 커다란 황금빛 거위에서 육즙이 줄줄 흘렀다. 그러나 누구 하나 섣불리 손을 대지 못했다. 놀라움과 감탄으로 모두 꿀 먹은 벙어리가 되어 있었다.

이날이 제르베즈가 누린 행복의 정점이라 해도 좋으리라. 활기차고 사랑스럽던 파리의 뒷골목이 이날을 기점으로 불결하고 추잡한 잿빛 거리로 탈바꿈하기 때문이다. 쿠포는 술독에 빠졌고, 갑자기 돌아온 옛 연인 랑티에와 기묘한 동거를 시작하면서, 행복했던 가정은 기괴하고 문란해진다. 제르베즈의 낭비와 게으름과 타락은 점점 심해져서 급기야 세탁소까지 날리고 만다. 딸 나나는 가출한다. 몸을 팔 지경에까지 내몰린 제르베즈는 고독에 신음하며 죽음만을 바라게 된다.

불현듯 내 눈앞에 하얗게 쌓인 영수증 더미가 행복하던 시절 제르베즈가 세탁한 시트와 속옷의 새하얀 색과 겹친다. 착실하게 하루하루를 살아가는 일은 때로는 정신이 아찔할 만큼 힘겹다. 놀며 즐기는 인생보다 더 많은 덫과 유혹에 발목을 잡히는 것이 바로 착실한 삶이다. 그러니 제르베즈를 손가락질할 수는 없다.

어찌 됐든 하나씩 쌓아가는 것 말고는 달리 길이 없어 보인다. 어떻게든 내 게으름과 결판을 짓고서 작은 즐거움을 찾는 수밖에.

연말정산만 끝나면 내가 정말 좋아하는 각본가의 영화를 보고, 마사지를 받으러 가고, 봄에 어울리는 셔츠원피스를 사고, 친구와 어묵을 먹으러 가야지. 설레는 일정을 머릿속으로 그리며 나는 영수증 더미를 다시 흩뜨렸다.

● 에밀 졸라, 『목로주점 1, 2』, 박명숙 옮김, 문학동네, 2011
● 에밀 졸라, 『목로주점 상, 하』, 유기환 옮김, 열린책들, 2011
● 에밀 졸라, 『목로주점 1, 2』, 윤진 옮김, 펭귄클래식코리아, 2011

몸뚱이밖에 없는 여자의
통쾌한 성공 스토리

신인 작가는 일단 무시당한다. 나한테만 그러나 싶었는데 그것도 아니었다. 요즘 들어 조금씩 생긴, 글 쓰는 친구들의 이야기를 들어보니 다들 데뷔를 할 때는 나와 엇비슷한 꼴을 당했다고 한다. 잘나가는 작가도 예외는 아니었다.

억장이 무너질 때마다 선배들에게 위로받고는 가슴을 펴며 다짐한다. '결국 좋은 작품을 쓰는 수밖에 없어. 힘내야지!' 동시에 '이런 비참한 꼴은 질색이야! 빨리 잘나가는 작가가 되어서 귀한 대접을 받고야 말겠어! 두고 봐. 꼭 되갚아줄 거야!' 하는 야심도 슬슬 끓어오른다.

어머나, 데뷔 전에는 '서점에 내 책이 놓여 있기만 하면 돼. 더는 아무것도 필요 없어'라더니. 순수한 나는 대체 어디로 갔지?

『목로주점』 속편 격인 『나나』의 주인공 나나(『목로주점』에 나오는 제르베즈의 딸이다!!)도 남들에게 대우를 받고 싶어서 발을 동동 구르는 뒷골목 출신 신인 여배우다. 여배우라기보다 고급 창녀라고 불러야 하나?

나나는 때로는 무대에 서기도 하지만 기본적으로 여러 스폰서에게 기대어 살아간다. 가십이 됐건 패션이 됐건 그녀는 19세기 파리에서 주목받는 젊은 '유명인'이다. 강렬한 원색이 번쩍이는 인테리어나 파티를 묘사한 장면은 읽는 것만으로도 가슴이 두근거렸다.

그렇다. 이 작품은 고전에서는 드물게 영상미가 넘친다. 다만 눈이 부실 만큼 휘황찬란하고 인공적이라 아주 약간이지만 그로테스크하기까지하다.

나나가 처음으로 비너스 역할을 맡아 바리에테 극장에 선 밤, 그 엄청난 에너지에 나는 그만 눈이 휘둥그레졌다.

　　비너스가 등장했다. 극장 안은 술렁이기 시작했다. 나나는 알몸이었
　　다. 자기 육체가 지닌 절대적 힘을 확신하듯, 그녀는 태연자약한 뻔
　　뻔함을 덧입은 채 나신을 드러냈다. 몸에 걸친 것은 얇은 레이스 한
　　장뿐이었다. 둥근 어깨, 창끝처럼 단단하게 솟은 장밋빛 젖꼭지와
　　탄탄한 유방, 음란하게 흔들리는 풍만한 엉덩이, 육감적인 구릿빛
　　허벅지 등 그녀의 육체 구석구석이 거품처럼 새하얗고 가볍디가벼

운 천 사이로 또렷이 비쳐 보였다. (…) 순진한 나나 안에 있던 본연의 '여성'이 갑자기 모습을 드러내더니 주변에 불안을 흩뿌리고 '여성'이 지닌 광란의 발작을 보이며 은밀히 욕정을 자극했다. 나나는 줄곧 웃는 얼굴이었다. 그러나 그것은 팜파탈의 통렬한 미소였다.

하룻밤 만에 나나는 귀족 남자들을 포로로 만들며 상류사회에 진입하는 데 성공한다. 의욕에 찬 나나는 곧바로 자택에서 호화로운 파티를 열지만, 사람들은 주인공인 나나를 아랑곳하지 않고 자기들 멋대로 굴면서 먹고 마시기만 한다. 실망한 나나는 자신도 모르게 이렇게 외친다. "이렇게 바보 취급을 당하기는 싫어!"

그 순간, 착하고 솔직하고 '맞장구 잘 치는 소녀'였던 나나의 마음에 야심이 싹튼다. 그리고 훗날 몸뚱이 하나로 파리의 상류사회를 와르르 무너뜨리는 장본인이 된다. "대접받고 싶어", "바보 취급을 당하기 싫어" 이런 대사는 그 뒤로도 몇 번이고 나온다. 나나의 욕구는 언제나 순진하고 솔직하다. 대부호가 된 옛 창녀의 저택을 보며 감동한 나머지 자기도 그렇게 재물을 모으기로 결심한다. 자신과 같은 이름을 가진 말이 경마에 나와 군중이 "나나, 나나!" 하고 외칠 때는 여왕이라도 된 양 황홀경에 빠진다. 팜파탈이라고 부르기에는 너무나 단순해서 나나를 미워할 수만은 없다. 그 단순함 덕분일까? 나나가 발하는 에너지는 어마어마하다. 건전한 귀족 남성을 몇 명이고 쪽쪽 빨아먹고 파멸에 이르게 하니까 말이다.

이야기 후반에는 매우 자극적인 도착倒錯 유희가 가득하고 결말도 비극이다. 하지만 나는 이 이야기가 한 소녀의 통쾌한 성공 스토리 같다. 그래서 읽을 때마다 마구 힘이 솟는다. 소설 속 비유는 나나라는 존재를 단적으로 드러낸다.

> 태양 빛깔을 띤 파리 한 마리가 길가에 방치된 썩은 고기 위에서 죽음을 뜯어내서는 보석처럼 반짝이며 팔락팔락 춤추면서 궁전 창문으로 숨어들어 남자들의 몸에 살포시 내려앉기만 해도 그들을 해친다는 것이었다.

나는 아직 신인 작가이지만, 관점을 바꾸면 '전통을 깨부수는 파리 한 마리'가 못 될 것도 없지 않는가. 아무것도 가지지 못했다는 사실은 때로는 무기가 된다. 갖고 싶은 것을 갖고 싶다고 외치는 뻔뻔함은 그것만으로도 일종의 위협이다.

그 방향을 잘못 잡지는 않으리라. 하지만 나나처럼 굳세게 몸뚱이 하나로 살아남으리라.

● 에밀 졸라, 『나나』, 김치수 옮김, 문학동네, 2014
● 에밀 졸라, 『나나』, 정봉구 옮김, 예문, 2014

남자의 마음을 훔치는
연애 교과서

미시마 유키오의 『여신女神』은 딸을 '완벽한 마돈나'로 키우려는 부유한 신사의 이야기다. 그는 딸에게 스파르타식 교육을 하는데 그 내용이 대단히 흥미롭다. 칵테일은 드레스 색깔에 맞춰 시킬 것, 선글라스는 아름다운 눈을 가리므로 쓰지 말 것, 정치나 경제에는 지극히 어두울 것, 제비꽃이나 풍경같이 지극히 평범한 아름다움만을 사랑할 것(피카소의 〈게르니카〉에 감동하는 것은 좋지 않음), 몸매 유지를 위해 운동은 하되 선수가 되지는 말 것, 말을 많이 하지 말 것, 개성이 아니라 우아함을 중요시할 것……

여성 잡지에서 부르짖는 '사랑받는 여자의 규칙'은 명함도 못 내밀 이 엄격함! 여자의 자유를 억압하는 것만 같아 얼른 손이 가지 않을 수 있지만, 나중에 신사가

45

똑같은 방법으로 되갚음당하는 사실을 알면 흥미롭게 읽을 수 있는 작품이다. 그 신사가 딸에게 건넨 소설이 바로 마리 라파예트의 『클레브 공작부인』이다. 즉 미시마 유키오가 보증하는 '남자의 마음을 훔치는 교과서'인 셈이다.

주인공 샤르트르 공주(훗날 클레브 공작부인)는 궁정 남자들 모두가 홀딱 반한 미녀다. 고상하고 총명하고 마음씨까지 따뜻하다. 개성 있는 캐릭터는 결코 아니며, 딱히 자기주장도 하지 않는다. 어머니가 권하는 대로 클레브 공작과 결혼하여 행복한 나날을 보내고 있다.

하지만 사교계에서 으뜸가는 바람둥이 느무르 공작과 사랑에 빠지고 만다. 물론 정직한 그녀는 남편을 배신하지 못한다. 끙끙 앓으며 고민한 끝에 그녀는 자기 행동을 멈추고자 큰마음을 먹고 남편에게 이 일을 털어놓는다. 최선이라고 생각한 이 결단은 평화롭던 생활을 질투와 의심의 소용돌이로 몰아넣고, 결국 비극으로 치닫고 마는데……

'연애 심리소설의 시조'라고 불리는 이야기여서 연애할 때 따라 하고 싶은 기술과 가슴 설레는 묘사로 점철되어 있을 줄 알았는데 아니었다. 클레브 공작부인은 느무르 공작의 구애에 끝까지 응하지 않는다. 두 사람은 입맞춤 한 번 나누지 않는다. 그러고 보니 배려와 인내에 관한 이야기다. 누구나 어렴풋이 깨닫고는 있지만 입 밖으로는 낼 수 없는 '일등 신붓감의 인생은 그렇게 즐겁지 않다'라는 사실을 확실히 보여주는 불특정 다수의 이성을 반하게 만들어놓고서는 주변 기대에 따라 정숙한 생활을 하기란, 곰곰이 생각해보면 애초에 꽤 힘들 것 같다. 하지만 그런 조신한 여성이 호감을 사는 것도 사실이다. 감정을 억누르는 미녀라니. 소름이 돋을 만큼 에로틱하다. 실제로 자기 마음을 숨기고 태연한 척하는 클레브 공작부인에게 느무르 공작의 연심은 더욱더 커지기만 한다.

> 부인은 (…) 이제야 겨우 사랑이 통했다고 생각한 느무르 공작의 덧없는 기쁨을 없앴다. 부인의 행동을 아무리 뜯어봐도 그런 마음과는 반대로 보이기만 했고, 언젠가 자신이 들었던 그 말은 꿈이었나 의심스러울 정도로 지금은 믿을 수 없는 일이 되어버렸다. 단 한 가지, 꿈이 아니었다고 그에게 확인시켜주는 것은 부인이 아무리 숨기려 해도 숨겨지지 않는 깊은 애수의 색이었다. 다정한 눈빛과 말보다 이런 얌전한 행동이 느무르 공작의 연심을 더욱 불태우지 않았을까.

여기까지 이르니 이제 남자의 이상형 따위는 되지 않는 편이 좋겠다는 생각마저 든다. 『위험한 관계』의 메르테유 후작부인이나 『골짜기의 백합』의 더들리 부인처럼 주변을 휘두르는 화려한 악녀가 훨씬 즐거워 보인다. 내 멋대로 행동해도 '그런 네가 좋다!'라고 말해주는 단 한 명의 기특한 남자를 찾는 편이 당연히 즐겁지 않겠는가! 애초에 우리가 바라는 인간관계는 '아이돌 놀이'가 아니라 '일대

일로 마주하는 정면 승부'다.

그러나 클레브 공작부인이 이토록 평판에 신경 쓰고 신중한 데는 사연이 있다. 무대인 16세기 궁정은 현대 인터넷 사회 못지않게 소문이 빠르게 퍼져 나간다. 모두가 풍문에 혈안이 되어 타인의 행동을 주시하기에 감정이 이끄는 대로 내달리려면 목숨을 걸어야 한다.

나는 나를 행복하게 해줄 남편의 애정과 존중을 잃고 말았다. 머지 않아 모두들 나를 사랑에 미친 추잡한 여자로 여기겠지. (……) 이런 불행을 피해 가려고만 애쓰다가 도리어 내 마음의 평온도 잃고 내 인생도 쓸모없는 것으로 만들어버린 채 고통스러워하는 꼴이라니.

클레브 공작부인의 이상은 절대 높지 않다. 그녀가 가장 소중히 여기는 것은 주변 사람들의 행복과 자기 마음의 평온이다. 그런 소소한 바람이 결국 무너지는 건 슬프다. 사랑하는 것은 물론 사랑받는 것도 때로 힘들고 애절한지도 모른다. 『여신』의 결말에서도 느꼈듯 빛나는 마돈나로 남으려면 고독과 대가가 따른다는 생각이 든다.

● 라파예트 부인, 「클레브 공작부인」, 류재화 옮김, 문학동네, 2011

사랑의 주도권을
장악하는 외모

여름이 코앞인데 살 빠질 기미는 도무지 안 보인다. 다이어트를 시작한 지 한 달. 헬스장에서 열심히 자전거를 타고 식사도 백미에서 현미로 바꿨는데 고작 50그램이 빠졌다. 이게 대체 뭐람. 아아, 의욕이 점점 사라진다. 나는 원래 운동을 싫어하고, 버터가 잔뜩 들어간 쿠키와 형형색색의 화려한 젤리를 아주 좋아한다. 아무래도 자극이 좀 필요해서 이번에는 조르주 상드의 『소녀 파데트』를 골랐다. 좀 어긋난 견해일지 모르지만, 나는 이 명작을 연애소설이 아닌 미용 소설로서 재미있게 읽었다.

　『소녀 파데트』는 한가로운 전원을 무대로 자연과 주술에 해박한 가난한 소녀 파데트, 그리고 부유한 농가의 잘생긴 쌍둥이 형제 랑드리와 실비네가 엮어내는 사랑과 성장 이야기다. 『별책 마가렛』(슈에이샤集英社에서 발간하는 만화 잡지—옮긴이)에 실려 있어도 이상하지 않을 이야기로 달콤하고 두근두근한다. 무엇보다 작가가 남장 미녀이자 바람둥이인 조르주 상드이니, 멋진 여성이 되는 비결이 담긴 교과서 같은 작품일 수밖에.

지금껏 소개해온 소설의 주인공은 모두 미녀였지만 파데트는 예외다. 동네 사람들이 '귀뚜라미'라고 부를 정도로 까무잡잡하고 깡마른 데다가 구두쇠인 할머니 탓에 옷은 누더기뿐이다. 초라한 행색에 더해 기묘한 행동으로 주변 사람을 공포에 떨게 만들고 즐거워하는, 참으로 딱한 기인이다.

그런 그녀가 '인기남' 랑드리를 사랑한다. 본성은 착하고 솔직한 파데트는 그에게 어울리는 사람이 되리라 결심한다. 돈도 없고 아는 것도 없는 파데트의 멋내기는 남들을 보고 흉내 내는 수준이니 일단 센스와 아이디어에 승부를 걸어야 한다. 랑드리는 이미 동네 마돈나에게 반해 있지만, 오랜만에 만난 파데트의 확 달라진 모습에서 눈을 떼지 못한다.

자세히 보니 페티코트도 빨간 앞치마도, 레이스 장식 없는 두건도 그대로였다. 초라한 행색은 그대로였지만 일주일도 지나지 않았는데 깨끗이 세탁하고 수선한 옷을 입고 있었다. 길어진 윗옷자락은 양말 위로 보기 좋게 드리워졌다. 양말도, 심지어 두건까지 눈부시게 새하얬다. 두건은 새로운 머리 모양으로 예쁘게 빗어 올린 검은 머리칼 위에 귀엽게 얹혀 있었다. 숄만큼은 새것이었다. 게다가 부드럽고 예쁜 노란색이 밀가루처럼 뽀얀 파데트의 피부를 한껏 돋보이게 했다. (…) 무슨 꽃과 풀을 어떻게 조합했는지 몰라도 얼굴은 새하얗고 손은 사랑스러웠다. 파데트의 모습은 마치 한 떨기 새하얀 산사나무 꽃처럼 또렷하게 피어 있었다.

꽃과 풀의 조합? 화장수를 손수 만들었다는 건가? 숄을 '밀가루처럼 뽀얀 피부'를 더욱 돋보이게 하는 '노랑'으로 고른 것은 과연 컬러 코디네이터의 솜씨다! 머리 모양에도 신경 썼다. 이렇듯 지금 봐도 전혀 손색없는 미용 아이디어로 파데트는 조금씩 매력적인 여자로 변한다.

'굳이 미녀가 되려고 애쓰지 않는 꾸미기'라는 발상이 일단 새롭다. '최소한 보기 싫지 않도록', '적어도 좋은 느낌을 주도록'이라는 무척이나 낮은 목표를 설정하고 날마다 착실히 이루어나가는 그녀의 노력은 확실히 오래가는 방법이리라. 그런 현실적인 자세는 나조차 응원하고 싶어질 정도니 그걸 보는 랑드리는 얼마나 기쁘겠는가.

파데트가 그저 착한 아이가 아니라 사실은 꽤 영특한 책사라는 점도 통쾌하다. 두뇌를 풀가동해서 소위 '밀당'을 하는 모습에서는 배울 점이 많다. 그들의 관계가 시작된 것은 파데트가 랑드리의 약점을 잡고 억지로 춤을 추자고 할 때였다.

랑드리의 마음을 막상 흔들고 나자 파데트는 매우 신중해진다. 좋다고 달려드는 짓 따위는 하지 않는다. 개의치 않는다는 무심한 태도가 남자를 더욱 애태운다.

> 이 행운, 순식간에 움켜쥔 만큼 금세 사라질 것만 같아. 너무도 불안해. 그러니 한동안 가만히 내버려두자. 그가 진심으로 내 사랑을 갈구할 때까지 기다리겠어.

사랑의 주도권을 잡은 파데트는 자신도 모르게 쌍둥이 형인 실비네의 굳은 마음까지 녹인다. 그리고 어느 틈엔가 실비네마저 파데트에게 홀딱 빠지고 만다. 왕자님은 여자에게 마법을 걸어주지 않는다. 오히려 왕자님에게 마법을 걸 수 있는 쪽은 여자라고, 파데트의 성장은 가르쳐준다.

여름까지 살을 빼려던 목표는 일단 제쳐둬야겠다. 신진대사를 높이고 건강해지는 다이어트로 목표를 수정하고 나니, 채소가 듬뿍 들어간 요리로 식사하고 운동하러 다니는 것이 그렇게 귀찮게 여겨지지 않아서 신기했다. 조금씩이라도 꾸준히 하는 데 의미가 있다. 미녀까지는 못 되어도, 마음을 비우고 앞을 바라보며 노력하다 보면 누군가의 눈에 귀여운 요정쯤으로는 비치는 날이 올지도 모르잖아?

● 조르주 상드, 『파데트』, 이재희 옮김, 지만지, 2012

자각 없이 이성을
휘두르는 재능

서른을 넘기면서 친구들과 모이면 으레 선이나 결혼 이
야기가 화제로 떠오른다. 애초에 좋아하는 남자를 만날
수조차 없다는 고민이 대부분이다. 이것만큼은 노력과
마음가짐으로도 어찌할 수 없는 문제다.

"열심히 찾아다니지 않아도 마음에 드는 상대가 자
연스럽게 나타나는 사람도 있잖아. 대체 비결이 뭘까?"

누군가가 한 이 말에 모두 입을 다물었다. 머릿속으
로 다들 이 사람 저 사람을 떠올려보는지 찬물을 끼얹
은 듯 조용해졌다. 그저 앉아 있기만 해도 마치 꽃이 나
비를 부르듯 이성이 모여들고 순식간에 드라마가 시작
되는 특별한 여자들. 그렇다. 이번에도 또 내가 동경하
는 팜파탈 이야기다! 『마농 레스코』는 세계 최초로 '팜
파탈을 그린 연애소설'이라고 한다. 성실하고 고지식한

슈발리에 데 그리외는 수도원에 보내질 뻔한 소녀 마농 레스코를 만나 한눈에 사랑에 빠진다. 제트코스터가 순식간에 곤두박질치듯, 순풍에 돛 단 배처럼 순탄해 보였던 슈발리에의 인생은 이 순간부터 파멸을 향해 치닫는다.

마농의 용모를 자세히 묘사하지는 않았지만 슈발리에는 이렇게 표현하며 칭송했다.

> 그 빛나는 아름다움은 이루 다 표현할 수 없었다. 참으로 우아하고, 참으로 아름다우며, 참으로 고혹적인. 그것은 사랑 그 자체의 모습이었다.

그렇구나. 이성에게 인기 좀 있는 사람들이 연애를 못 할까 봐 전전긍긍하지 않는 이유를 알 것 같다. 슈발리에와 마농은 야반도주하다시피 도망쳐 살림을 차린다. 소꿉놀이 같은 두 사람의 생활에 평화가 머무른 것도 잠시. 마농의 낭비벽과 금세 스폰서에 기대는 버릇 탓에 그들의 삶은 순식간에 일그러진다. 이 소설을 읽다 보면 다정하고 당차 보이는 마농이 얼마나 지독하게 결핍된 사람인지를 깨닫게 된다.

> 마농은 비범한 여자였다. 돈에 관해 이토록 시원시원한 여자도 없었다. 그런데도 형편이 어려워질까 두려워 그녀는 한시도 평정을 유지

하지 못했다. 그녀에게 없어서는 안 될 것은 쾌락과 유희였다. 만약 인간이 아무런 대가를 치르지 않고 놀며 즐길 수 있다면 그녀는 한 푼도 원하지 않았으리라. 그녀는 부의 원천이 무엇인지는 알고 싶어 하지도 않았다. 그저 하루하루 즐거울 수 있으면 그걸로 충분했다. (…) 다만 이렇듯 쾌락에 몰두하기만을 가장 원했기에 그것이 없을 때 보이는 그녀의 기분이나 마음은 전혀 신뢰할 수 없었다.

스폰서가 지갑을 열게 만들려고 마농은 슈발리에를 남기고 여행을 떠난다. 얼마 지나지 않아 그런 슈발리에 앞에 미소녀가 나타난다. 마농의 전언과 함께.

내가 없어도 당신이 외로워하지는 않을 거라 믿지만, 잠시라도 당신의 지루함을 덜어주라고 그녀에게 진심으로 부탁했어요. 왜냐하면 내가 당신에게 바라는 것은 마음의 정조니까요.

이 부분을 읽을 때마다 위가 쿡쿡 쑤시는 이유가 뭘까? 자기 부재를 메우려고 사랑하는 남자에게 미소녀를 보내다니! 마음의 정절만 지키면 육체는 아무래도 좋고, 아무런 악의 없이 진심으로 믿다니. 잘못돼도 한참 잘못되어 있다. 마농, 대체 어디서 어떻게 헛발을 디딘 거니? 왜 이런 여자가 된 거야? 큰 눈을 동그랗게 뜨고 아무 일 없었다는 듯 바라볼, 아름다운 그녀를 꼭 껴안고 다정하게 타이르고 싶다.

팜파탈이라 불리는 여자는 하나같이 어딘가 비뚤어졌고 절박하다. 남자의 사랑이 아니라면 무엇으로도 결코 메우지 못할 밑 빠진 독을 품고 있다. 마음에 쏙 드는 남자를 만나려고 정보를 교환하고 아낌없는 노력을 퍼붓는 친구들에게 "못된 여자가 돼!"라고는 차마 못 하겠다. 아무리 그래도 너무 심한 말 같아서다.

물론 팜파탈 자체는 무척 눈부신 존재이지만 '로맨스 따위 없어도 괜찮아!'라는 생각은 실은 평화롭고 부족함 없이 살고 있다는 증거가 아닐까 싶기도 하다.

●알렉상드르 뒤마 피스, 아베 프레보, 『춘희/마농 레스코』, 민희식 옮김, 동서문화사, 2012
●아베 프레보, 『마농 레스코』, 홍지화 옮김, 부북스, 2016

나는 왜 남편을
죽이려 했을까

일을 할 때는 거의 체인 커피숍이나 패밀리 레스토랑에 간다.

무슨 원칙이 있는 것은 아니다. 그저 집에 있으면 한 없이 늘어지기에 일단 집을 나선다. 원체 집중력이라곤 없는 데다가, 되도록이면 인터넷에 접속되는 환경에서 떠나 있고 싶어서다. 당연히 스마트폰도 두고 간다. 아 무짝에도 쓸모없는 인터넷에 중독된 이유는 아마도 나 라는 사람의 윤곽을 뚜렷이 확인하지 않고는 못 견디기 때문이리라.

글을 쓰다 보면 내가 어디에서 온 누구인지 잃어버리 는 순간이 몇 번이고 찾아온다. 십 년 뒤, 아니 당장 내년 에도 소설을 쓸 수 있을까? 애초에 내 소설이 재미있기 는 한 걸까? 문득 한산한 커피숍을 한 바퀴 둘러보면 마치 나처럼 무슨 일을 하는지 모를 사람들이 오도카니 앉아 있다. 그들 또한 뭔가를 찾는 듯 불안한 표정이 역력하다.

노벨문학상 수상 작가 프랑수아 모리아크가 쓴 『테레즈 데케루』의 주인공도 '자신'이라는 인간을 잃어버리고는 어떻게든 살아 있음을 실감하려 조용히 발버둥을 친다.

이야기는 테레즈의 친아버지가 법원에서 나온 테레즈를 싸늘한 눈빛으로 노려보는 장면에서 시작한다. 그녀는 남편을 독살하려다가 살인미수죄로 재판을 받았다. 하지만 세상의 이목을 신경 쓴 남편이 위증한 덕분에 무죄로 풀려났다. 집안의 천덕꾸러기가 되었지만 그녀는 다시 가정으로 돌아가야만 한다. 표면적으로는 지금까지 그래왔듯이 모자랄 것 없는 사모님 행세를 하는 것이 그녀의 의무다.

왜 남편에게 살의까지 품게 됐을까. 테레즈 본인도 이유다운 이유를 찾지 못한다. 그 이유를 찾아 그녀가 과거를 되짚는 과정이 이 작품의 백미다. 마차와 기차를 갈아타고 남편에게 돌아가는 동안 테레즈는 철저히 자신과 마주하면서 남편이 수긍할 만한 이유를 찾으려 애쓴다. 이 소설은 로드무비 같은 맛도 있는 데다가 스릴 넘치는 미스터리로도 즐길 수 있다.

이야기는 두 사람이 만나기 전으로 거슬러 올라간다. 여학교를 나온 테레즈는 총명하고 똑 부러지는 매력 덩어리 소녀다. 친한 친구 안느의 오빠 베르나르와 결혼한 그녀는 누가 봐도 손색없이 완벽한 행복을 손에 넣는다. 하지만 결혼식 날, 신부인 테레즈의 표정은 어둡기만 하다.

그녀는 되돌릴 수 없는 불행 속으로 들어가고 있음을 깨달았다. 물론 무엇 하나 변한 것은 없다. 하지만 앞으로 혼자서 생각에 잠기는 일 따위는 테레즈에게 사치이리라.

남의 이목만 신경 쓰는 베르나르와의 결혼 생활은 지루하기만 하다. 이런 상황은 테레즈를 점점 좀먹는다. 괴로운 것도, 힘겨운 것도 아니다. 차라리 비극이 일어났다면 구원받았으리라. 점점 살이 붙기 시작한 남편이 건강을 신경 쓰는 것조차 번거롭다. 일상에 휩쓸려 무엇도 느끼지 못하는 자신이, 테레즈는 공포스럽기까지 했다.

누구도 나를 위해 무엇 하나 해줄 수 없어. 심지어 나에게 상처조차 주지 못해.

베르나르와의 사이에서 얻은 딸 마리조차 털끝만치도 예쁘지가 않다. 시누이 안느가 타박하자 어쩔 수 없이 딸을 내려다보는 대목은 20세기 초반의 작품이라고는 생각할 수 없을 정도로 현대적이다.

하지만 어떻게 설명해야 할까. 나는 지금 나 자신만 생각하기에도 벅차다는 걸. 내 마음을 차지하는 존재는 오로지 나 자신뿐임을 이해받지 못하겠지. (…) 그래도 나는 어느 때든 자신을 잃지 않으려 애쓰고 있어. 나는 나 자신을 찾지 못하면 살 수 없는 여자인 걸……

여행 끝에서 테레즈는 드디어 살의의 이유, 아니 자신이 진정 원하던 것을 알아냈고 남편에게 구원을 청한다. 하지만 베르나르는 차갑게 그녀를 거부한다. 남편에게 거부당해 사회의 틀 밖으로 완전히 밀려난 테레즈. 하지만 그녀에게 고독은 더는 두려운 대상이 아니다. 모든 것을 다 잃고도 술을 마시고, 담배를 피우고, 화장을 한 다음 혼자서 걸어 나가는 마지막 장면은 어딘지 모르게 속 시원하다.

지금 내 상황은 불안정하고 자신감 따위는 손톱만큼도 없다. 하지만 내게는 고독과 마주할 영혼의 자유도 있고 그럴 시간도 있다. 『테레즈 데케루』는 내가 사실은 현기증이 일 것만 같은 사치를 누리고 있음을 깨닫게 해주는 작품이다.

● 프랑수아 모리아크, 『떼레즈 데께루/밤의 종말 외』, 전채린 옮김, 범우사, 1999
● 프랑수아 모리아크, 『테레즈 데케루』, 조은경 옮김, 펭귄클래식코리아, 2011

노골적인 야심이
도달하는 곳

지금까지 여주인공을 다뤄왔지만, 이번에는 누구나 빠져들 수밖에 없는 특출한 미남에게 스포트라이트를 비추고자 한다.

내가 프랑스 고전문학을 좋아하는 이유는 '수도원 출신 귀족 따님이 자주 등장해서'라고 처음에 썼다. 세상 물정도 모르는 주제에 남자의 마음을 아무렇지 않게 지르밟고 엉뚱한 방향으로 폭주하곤 하는 부잣집 아가씨들을 보면 내가 다 안달이 나고 심장이 두근거린다. 또 다른 이유는 '마치 걸신들린 듯 여유라곤 눈곱만큼도 없는 사람에게 관대하기' 때문이다.

요즘 세태에서 야심은 전혀 환영받지 못한다. '어디까지나 노력은 보이지 않는 곳에서 영리하게, 겸허한 태도로 적을 만들지 않고 물 흐르듯 자연스럽게 살다 보니 어느새 성공이 손안에 있더라고요?' 하는 것이 요새 일본에서 가장 인기 있는 성공담이다. 저기, 죄송한데요. 여기에 그렇게 쓰는 것만으로도 지루해서 잠들 뻔했다고요!

스탕달의 『적과 흑』은 왕정복고 시대를 무대로 아름다운 청년 쥘리앵 소렐이 출세하는 이야기다. 쥘리앵은 잘생긴 외모와 재기才氣를 무기로 '가난한 목수의 아들→시장 자녀들의 가정교사→신학교 입학→귀족 비서'로 점점 출세한다. '자존심'이라는 말이 이토록 연거푸 나오는 소설을 나는 달리 알지 못한다. 이 이야기에 숨 막히게 답답한 이도 있을 테고, 도저히 공감이 안 되는 이도 있을 것이다. 하지만 겉보기에는 냉철한 합리주의자이지만, 마음속은 언제나 둘로 갈라져 마치 공중제비를 돌듯 날뛰는 이 주인공을 나는 도저히 미워할 수가 없다.

야심이란 간단히 말하자면 내 처지에 만족하지 못하고 온 힘을 다해 반발하는 것이리라. 쥘리앵은 일단 이 세상 모든 것에 반항한다. 가족에게도 권력에도 부유층에도, 필요하면 자신에게 호의를 베푸는 사람에게까지 노골적으로 불신을 드러내고 펄펄 뛰며 화를 낸다. 그러니 마음을 터놓을 데라고는 없다.

현재에 안주하지 않는 자세는 분명 성장으로 이어지지만, 결국 주변 사람도 자신도 피폐하게 만들어버린다. 하지만 쥘리앵을 알아가는 동안 독자는 자기 자신 또한 얼마나 거짓말을 하고 있는지, 분노를 억누르고 있는지를 깨닫게 될 것이다.

쥘리앵을 사이에 두고 두 여인이 있다. 오만한 후작 집안의 따님 마틸드와 헌신적인 유부녀 레날 부인, 사뭇 다른 두 여인이 퍽 매력적이다. 특히 자신보다 신분이 낮은 쥘리앵에게 끌리면서도 아슬아슬할 때까지 자기감정을 인정하려 들지 않는 마틸드의 마음속 매듭이 서서히 풀리는 과정은 몇 번을 읽어도 가슴이 설렌다.

하지만 쥘리앵이 두 여인을 향한 연심을 부유층에 대한 질투로 망쳐버리는 바람에 이 삼각관계는 조금도 달콤하지 않다. 마치 프로레슬링이라도 보는 기분이다. 모처럼 두 미녀에게 사랑받는데도 쥘리앵은 여유도 자신감도 제로다.

"귀하신 부잣집 여자들에게 질 것 같으냐! 나한테 홀딱 반하게 해주지, 제기랄!" 하며 어금니를 깨무는 듯 말하는 장면에서는 실소가 나올 뻔했다.

쥘리앵은 좀스러운 허영심을 더욱 발휘했다. 내가 출세만 해봐라. 왜 가정교사같이 비천한 일을 했느냐고 비난받을 때 사랑을 위해 몸을 낮췄다고 해명할 수 있으려면 더더욱 이 여자를 내 것으로 만들어야 해.

쥘리앵은 그녀를 안고 키스했다. 그러나 그 순간 의무라는 쇳덩이가 그의 마음을 짓눌렀다. (내가 얼마나 사랑하는지를 들키면 이 여자를 잃게 될 거야.) 그래서 그는 양팔을 풀기 전에 재빨리 남자다운 권위를 되돌리려 했다.

그날과 그 뒤 며칠 동안, 그는 한없는 행복감을 애써 꼭꼭 숨겼다.

쥘리앵의 야심이 다다르는 곳은 비극이지만, 어딘지 새로운 시대의 기운이 느껴진다. 이 작품이 그저 애증 이야기로 끝나지 않는 이유인지도 모른다.

지금 우리는 왜 이런 야심과 열정을 싫어할까? 아마도 다들 감정을 죽이는 데 익숙하기 때문은 아닐까? 맹렬히 애쓰며 살아가는 모습이 꼴사납다는 생각 아래 깔린 본심은 아마도 '우리가 참고 있으니 너도 참아야 해'가 아닐까? 고전을 읽노라면 해방감을 느끼는 순간이 몇 번이고 찾아온다. 지금보다 훨씬 더 자유롭지 못했던 시대에 이토록 마음이 이끄는 대로 살아간 주인공들. 그것만으로도 구원을 받고 용기를 얻는다.

●스탕달, 『적과 흑 1, 2』, 이동렬 옮김, 민음사, 2004
●스탕달, 『적과 흑 1, 2』, 이규식 옮김, 문학동네, 2009
●스탕달, 『적과 흑 상, 하』, 임미경 옮김, 열린책들, 2009

Japanese Literature

혼자서도
걸어갈 수
있도록

착하지 않은 여자가 날리는
말의 화살들

2012년 배우 모리 미쓰코가 타계했다. 그때 연극 〈방랑기〉를 TV로 처음 보았다. 사생활에서도 배려심이 깊기로 유명한 국민 배우인 그녀가 연기한 '하야시 후미코'는 뭐든 열심이고 어딘지 모르게 요염하다. 유명한 역대급 '반전' 장면에서도 그렇고, 그녀는 누구에게든 사랑받고 한결같이 매력이 넘치는…… 아니, 잠깐! 후미코는 그런 모범생이 아닌데? 하야시 후미코의 열성 팬인 나는 하마터면 소리를 지를 뻔했다. 널리 회자되는 유명한 연극이지만 어딘지 모르게 아쉬움이 남았다.

일기 소설 『방랑기』 최고의 매력은 일기를 쓴 장본인이기도 한 하야시 후미코가 '착한 여자가 아닌' 데 있다고 본다. 내 아쉬움은 그것에서 비롯된 것이리라.

『방랑기』는 다이쇼 시대(1912~1926년) 말기부터 쇼와 시대(1926~1989년) 초기, 하야시 후미코가 데뷔하기 전 도쿄에서 아르바이트로 생계를 이어가던 나날을 그린 자전소설이다. 궁핍한 생활과 실연의 아픔에 자기 처지를 한탄하면서도 반짝이는 희망으로 가득하다. 유머와 생활력이라면 누구에게도 지지 않을 작가 지망생이 카페 여급이나 파출부 등을 전전하면서도 닥치는 대로 시와 동화를 쓰며 성공을 꿈꾸는 모습에 나 자신을 겹쳐보지 않을 수 없었다.

'데코짱'이라는 애칭으로 잘 알려진 다카미네 히데코가 주연한 영화 〈방랑기〉는 메이가자名画座(옛 영화를 주로 상영하는 영화관—옮긴이)에 가서도 보고 DVD로 빌려서도 수없이 보았다. 다카미네 히데코의 심통 난 표정이나 일그러진 입술은 그야말로 원작에서 그려진 이미지 그 자체였다. 그러고 보니 신주쿠에 있는 하야시 후미코 기념관(서재와 정원이 훌륭하다! 한 번쯤 볼 가치가 있다)에서 알게 된 학예연구원은 오타케 시노부가 하야시 후미코를 연기한 연극 〈북 치고 피리 불고〉를 극찬했다. 사람들은 저마다 자신만의 '하야시 후미코'를 마음에 품고 있는 모양이다.

좋은 표현은 아니지만 하야시 후미코의 '뻔뻔함'에 나는 여러 번 힘을 받았다. 사전을 찾아보니 '뻔뻔하다'란 '눈 하나 깜짝하지 않는다. 유들유들하다. 대담무쌍하다'라고 나온다. 잘못 쓰지만 않으면 뻔뻔함은 큰 장점이 될 것도 같다.

하야시 후미코는 정부情婦가 되기로 한 친구의 앞날을 생각하며 눈물을 흘리다가도 등기登記가 도착하고 원고료가 들어오면 언제 그랬냐는 듯 눈물이 싹 마른다. 이걸로 당분간 배를 주리지 않아도 된다는 생각이 들면 기분이 활짝 갠다. 어머, 내가 울었던가?

나는 창문을 활짝 열고 우에노에서 울려 퍼지는 종소리를 들었다. 저녁에는 맛있는 초밥이라도 먹어야지.

늙어빠진 내 마음에 반비례하는 이 육체의 젊음이여. 벌겋게 달아오른 팔을 뻗으며 욕조 가득히 몸을 펴자 갑자기 여자다워진다. 결혼을 해야겠다고 생각한다.

후지를 보았다.
후지산을 보았다.
붉은 눈조차 내리지 않는다면
후지산을 멋진 산이라 칭송할 수 없다.

시간 순서가 헷갈린다, 스토리가 없다, 설명이 빈약하다…… 이런 이유로 이 작품을 읽으려다가 좌절한 친구가 있다. 하지만 마음이 동할 때 마음이 가는 페이지를 펼쳐서 군데군데 읽는 것이 일기문학의 묘미다. 가령 마음에 드는 연예인 블로그에 처음 들어갔다고 치자. 맨 처음에 올린 글부터 순서대로 읽어나가는 사람은 별로 없을 것이다. 『방랑기』는 명작이면서도 변덕스러운 독서를 허용하는, 다시 말해 융통성을 허락하는 소설이다. 책장을 팔랑팔랑 넘기기만 해도 분명 말의 화살이 3D처럼 가슴에 날아와 박힐 것이다.

이제 아흔이 눈앞인 우리 할머니는 소녀 시절에 『방랑기』를 읽고 감동한 나머지, 엄격한 부모님의 눈을 피해 산을 넘어 하야시 후미코 강연회에 다녀왔다고 한다. 그녀는 상냥하고 지적인 눈빛으로 할머니에게 이렇게 말했다고. "책을 많이 읽으세요."

할머니에게 그런 열정이 있었다니! 놀라지 않을 수 없었다. 그 후로 나는 할머니가 더욱 좋아졌다. 제아무리 우아한 여자라도 영문을 알 수 없는 분노와 반골 기질은 품고 있는 법. 어느 시대건 변하지 않는 사실이다. 돈을 많이 못 벌면 어떻고, 모두에게 사랑받는 마돈나가 못 된들 또 어떠랴. 문득 전철에 올라서 자신이 보고 싶은 것을 보러 가는 가벼운 발걸음, 의기소침해지더라도 과자를 볼이 터져라 집어넣고 우걱우걱 씹다 보면 금세 아무 일 없었던 듯 느껴지는 변덕스러움이 여자를 훨씬 더 빛나게 만드는 법이다.

회사도 학교도 새로운 연도를 맞이하는 이 계절(일본에서는 4월 1일에 신년도가 시작된다―옮긴이), 이제껏 끙끙대며 붙안아온 고민과 이런저런 복잡한 일을 딱 끊어낸 후 밝은 내일을 향해 단단한 걸음을 내딛고 싶은 당신에게 안성맞춤인 작품이다.

● 하야시 후미코, 『방랑기』, 이애숙 옮김, 창비, 2015

천의 얼굴을
가진 여자

「일녀에 대하여女に﹅about﹅つぃて」 아리요시 사와코有吉佐和子, 1931~1984

이 연재 덕분인지 최근에는 소설뿐만 아니라 여성지에서 에세이도 의뢰해 온다. 여성지는 문예지에서는 접하기 드문 '호감도'라는 주제를 제시하는 경우가 많아서 당황할 때가 있다. 얼마 전에는 '남자 친구, 여자 친구, 상사, 가족에게 두루 사랑받는 유연한 전방위 인기를 얻으려면 어떤 언행과 패션으로 무장해야 하는가?'라는 주제로 원고 청탁이 들어왔는데 고심 끝에 거절하고 말았다.

'미움 좀 받으면 뭐 어때? 상처받아도 나 자신을 지켜 나갈 거야' 하는 강한 기상 따위, 내게는 털끝만큼도 없다. 갈등은 되도록 피하며 둥글둥글 살아가고 싶은 사람이 바로 나다. 예전부터 그랬다. 그렇기에 '모두에게 사랑받으려 노력하는 실수 없는 삶'에는 아무래도 신중해진다. 모든 순간에 주위 시선을 신경 쓰다 보면 마음이 편할 겨를은 없고, 참아야 할 일이 너무 많을 것 같다. 심지어 아무나 붙들고 물어도 하나같이 칭찬만 하는 여자가 정말로 매력적일까? 나로서는 몹시도 의문스럽다. 누군가에게는 딱히 눈에 띄지 않는 평범한 여자, 또 누군가에게는 결점 없이 시건방진 미인, 또 다른 누군가에게는 철없는 아가씨…… 이렇듯 마치 미러볼처럼 다면체 같은 여자야말로 사실은 다른 사람을 강하게 사로잡는 존재가 아닐까?

아리요시 사와코의 걸작 『악녀에 대하여』를 아직 읽지 않은 사람은 인생의 절반쯤을 손해 보는 셈이야! 나는 이렇게 소리 높여 외치고 싶다. 여자가 지닌 매력의 정체, 그리고 자신이 원하는 것을 손에 넣었을 때의 황홀함과 덧없음에 관해 이렇게까지 깊이 파고든 이야기가 있을까? 심지어 읽는 동안 활자를 꿀꺽꿀꺽 마시는 듯한 통쾌함마저 느껴지는 소설은 좀처럼 만나기 힘들다.

제2차 세계대전이 끝난 뒤의 혼란을 틈타서 부와 명성을 원하는 대로 움켜쥔 도미노코지 기미코. 그녀가 의문의 죽음을 맞이하자 그녀와 관련된 스물일곱 명이 자기 안의 '기미코'를 증언하기 시작한다. 그런데 스물일곱 사람이 증언하는 그녀의 이미지는 머리칼이 쭈뼛 설 만큼 저마다 너무도 다르다. 독자는 책을 덮는 순간에 바로 스물여덟 번째 증언자가 된다. 아무리 저항해도 어쩔 수 없다. 애초에 그렇게 짜인 소설이니까. 몇 번을 읽어도 전율이 느껴진다.

2012년에 사와지리 에리카(일본의 배우이자 가수. 드라마 〈1리터

의 눈물〉 주인공으로 유명하다. 미모로 인기를 끌었지만 인터뷰 등에서
성의 없는 태도와 과격한 발언으로 논란의 중심에 서기도 했다—옮긴
이)가 주연을 맡아 단편 드라마로 방영됐으니 이 제목을 기억하는
사람도 많으리라. 사와지리 에리카가 주연하여 크게 성공한 영
화 〈헬터 스켈터〉(니나가와 미카 감독, 2013)보다 나는 이 드라마가
훨씬 재미있었다. 강렬한 빛과 죽음의 향기를 뿜는 〈헬터 스켈터〉의
파멸형 주인공보다, 표면적으로는 가련한 모범생이지만 뒤에서는
자기가 뱉은 거짓말의 퍼즐 조각을 맞추려고 온 두뇌를 가동하는 기
미코가 오히려 사와지리 에리카의 본래 캐릭터에 더 들어맞는 느낌
이다.

기미코는 가난한 집에서 태어났지만 사랑스럽고 우아한 외모와
지성을 무기로, 다양한 얼굴과 이름을 쓰면서 땅과 보석을 밑천 삼
아 엄청난 속도로 성공을 거머쥔다. 그러나 팔방미인으로 살아가기
란 절대 쉽지 않다. 상대에 따라 목소리까지 바꾸어 연기하면서 그
녀는 철저히 다른 사람을 속인다.

그녀의 목소리는 말이죠. 지금도 귓전에 생생해요. 얼마나 작게 조
용조용 말하는지 그녀의 입가에 귀를 가까이 대야만 들릴 정도였어
요. 그래서 그녀에게 마음껏 휘둘렸지만요. 하지만 청순한 목소리란
바로 그런 게 아닐까요?

조용한 말투라고요? 아뇨! 왜 그런 걸 물으세요? 사모님 목소리는 카랑카랑하고 늘 위엄이 있었어요. 그렇지 않으면 그 젊은 나이에 어떻게 많은 사람을 거느리겠어요?

남의 마음을 조종하는 일만큼은 장인 수준인 기미코이지만, 전승을 거두지는 못했다는 점이 재미있다. 그녀를 막 대하는 사람도 있었고, 심지어 그녀의 외모가 아름답다는 것조차 인정하지 않는 사람이 많았다. 자신과 상관없는 상대는 마음껏 속였지만, 진짜 마음이 가는 사람에게서는 도망치기도 한다.

모두에게 한결같이 사랑받는 여자는 본인이야 상처받지 않고 살아갈지 몰라도 역시 매혹적이지는 않다. 어떤 곳에서는 사랑받고, 어떤 곳에서는 미움받고, 또 어떤 곳에서는 소중히 여겨지고, 또 다른 곳에서는 소홀히 여겨지고, 미인으로 보는 이가 있는가 하면 그렇게 보지 않는 이도 있고. 이런 것이야말로 살아 있는 인간의 매력이다. 한 사람을 둘러싼 수많은 마음에 깃든 단편을 그러모아 완성된 태피스트리. 그것은 단색이 아니기에 더욱 선연하고, 그렇기에 계속 눈길이 간다.

●아리요시 사와코, 『악녀에 대하여』, 양윤옥 옮김, 현대문학, 2017

여자들의
그리운 수다

나는 여자들이 수다 떠는 소리가 좋다. 나도 함께 떠들
때는 물론이고 카페나 전철 안에서, 케이크를 사려고
줄을 설 때 다른 여자들의 지저귐에 절로 귀 기울이는
나를 발견하곤 한다.

말하는 이와 듣는 이는 대체로 정해져 있지만, 가장
얌전해 보이는 여자가 말하는 역할을 독차지하는 반전
도 더러 일어나므로 긴장을 늦출 수 없다. 화제는 다양
하다. 맛있는 음식, 연애, 가족, 일. 고유명사를 남발하고
이야기가 이리저리 튀는데도 신기하게 축은 흔들리지
않는다. 눈을 감고 수다의 소용돌이에 몸을 맡기다 보
면 예상치 못하게 소소한 여행을 떠날 수 있다.

썰물이 빠져나가가듯 이윽고 그녀들이 차례로 입을 다
물면, 나는 다시 그 전까지 내가 있던 풍경에 내던져진

다. 아주 조금이지만 색감이 달라졌다는 걸 느낀다. 이야기의 결론은 늘 현실적이다. 아무리 심각한 고민을 떠안고 신세 한탄을 하더라도 여자는 자기 자리에서 경솔하게 도망치는 법이 없다. 아슬아슬한 롤러코스터처럼 오르락내리락하지만 반드시 원래 있던 자리로 되돌아간다. 그것이 바로 여자들의 수다가 지닌 가장 바람직한 기능이리라.

고다 아야의 『흐르다』는 이렇게 지저귀는 기세와 리듬을 있는 그대로 이야기로 흘려보낸 듯한 걸작이다.

도입부에서 주인공 리카는 하녀를 구한다는 소식을 듣고 내리막에 접어든 게이샤 포주집에 면접을 보러 들어간다. 사십 대 과부인 그녀는 게이샤들이 새된 목소리로 떠드는 수다에 섞여서 우왕좌왕하다가 그곳에 머물게 되는데, 밤에 목욕물을 데우기까지의 흐름이 흡사 논스톱 코미디 같다.

그곳 여자들은 하나같이 개성이 넘친다. 한때 잘나가는 게이샤였던 푸근한 여주인, 그녀를 전혀 닮지 않아 애교라고는 없는 여주인의 딸 가쓰요, 남자 복은 전혀 찾아볼 수 없는 여주인의 동생 요네코와 그녀의 어린 딸 후지코, 약삭빠른 베테랑 게이샤 소메카, 젊고 씩씩한 나나코.

예전에는 번성했지만 지금은 사정이 꽤 어렵다. 빚쟁이와 권력자 등이 쉴 새 없이 드나드는 통에 하루도 조용할 날이 없다. 그때마다 리카는 기지를 발휘하여 조용히 게이샤들을 도와주며 자기 일에서

보람을 찾아간다.

그러나 무엇보다 리카의 마음을 끌어당기는 조건은 이곳 전체였다. 이곳의 무엇이 그토록 마음을 잡아당기는지 딱 부러지게 말할 수는 없었지만 일단 지난 이틀간 겪은 풍부한 경험—눈이 돌아갈 만큼 알게 된 온갖 일, 여러 복잡한 사정은 풍부하다는 말 외에는 달리 표현할 길이 없다. 그 풍부함은 이 세계가 좁은 데서 기인한다. 그 좁다는 사실이 재미있다. 좁기에 바닥을 치게 되고, 모든 것을 알게 된 것 같다. 다 파악하고 나니 안심할 수 있겠다는 희망이 샘솟았다. 아마추어의 세계는 지루하고 넓다. 너무 넓어서 불안하다. 억새밭으로 해가 뉘엿뉘엿 저물어가는 것만 같은 불안. 넓기만 하고 아무것도 아닌 세계가 싫다는 말은 곧 이곳이 좋다는 뜻이었다. 일자리가 정해졌다.

이 소설은 화류계라는 원더랜드에 흘러든 하녀 리카의 모험담이라고도 할 수 있고, 여주인과 리카가 나누는 우정 이야기로 즐길 수도 있다. 자신과는 너무도 다르기에 리카가 여주인에게 보내는 시선은 어디까지나 공평하다. 여주인이 허영을 부릴 때는 가차 없이 일갈하면서도 자신이 가지지 못한 여주인의 풍부한 경험과 미의식에는 존경을 아끼지 않는다. 여주인도 아마추어만의 당돌함과 지혜로 똘똘 뭉친 리카를 인정한다. 두 사람의 관계에 비록 끈끈한 달콤함은 없지만, 문득 눈빛을 주고받을 수 있는 냉철한 신뢰 관계에 홀딱 반하고 말았다.

게이샤들의 수다에 휘말리면서도 어떻게든 버텨온 리카가 갑자기 획 내쳐지며 이야기는 끝난다. 삶의 에너지가 솟아오르는 마지막 장면이었다. 동시에 영원히 끝나지 않으리라 생각했던 그 재잘거림이 사실은 다시없을 꿈의 시간이었음을 퍼뜩 깨닫는다.

여자가 놓인 환경은 언제든 눈이 핑핑 돌아갈 만큼 정신없이 변한다. 본인의 의지와는 상관없이 갑자기 관계가 끊어지기도 한다. 언제 무슨 일이 일어날지 모르기에 그야말로 지금 당장 가슴속에 있는 것을 모조리 털어내지 않고는 못 견디는 것이고, 그렇기에 말도 그토록 빠른 것이다.

지금 눈앞에 있는 이 여자, 저 여자의 실없는 수다도 영원히 이어지지는 않는다. 『흐르다』를 읽고 나면 소리를 꽥꽥 지르며 자기주장을 하는 것도 물론 즐겁지만, 친구들의 수다에 차분히 귀를 기울이고 다시 오지 않을 이 시간에 그저 몸을 맡겨보자는 생각도 든다.

초육식계
두 여자의 핑퐁

요즘 『문사요리입문文士料理入門』(가도카와쇼텐)이라는
손바닥만 한 요리책을 자주 읽는다. 요리를 좋아하기로
유명한 문인인 단 가즈오, 사카구치 안고, 우치다 햣켄,
모리 마리, 다케다 유리코 등이 즐겨 만든다는 비장의
레시피가 컬러사진과 요리하기 쉬운 분량으로 소개된
책이다. 크게 애쓸 것 없이 스탬프 랠리를 찍는 느낌으
로 언제든 하나씩 도전하면 된다. 그중에서도 특히 먹
음직스러워 보여서 만들고 싶어지는 요리가 우노 지요
의 레시피다.

강판에 간 무로 삼겹살을 두툼하게 싸서 찐 '돼지고
기 무말이찜', 질 좋은 쇠고기를 날달걀과 브랜디에 적
셔서 굽는 '방탕한 스키야키', 버터를 듬뿍 녹여서 붕장
어를 구운 '붕장어 버터구이' 등. 조리법은 간단하지만

깜짝 놀랄 만큼 대담한 요리가 등골이 오싹하리만치 섹시하다! 솔직히 돈도 많이 들고 칼로리도 엄청 높아서 만들어 먹을 일이 거의 없는 요리들이지만, 화려한 삶으로 잘 알려진 우노 지요의 욕망이 충실하게 드러나서 레시피를 보기만 해도 가슴이 쿵쾅쿵쾅 뛴다. 최근 여성지에서 다루는 인기 요리책에는 건강한 일품요리가 많은데, 우노 지요의 레시피에는 그와는 정반대로 에너지 넘치는 매력이 있다. 호화로운 데다가 재료에 모든 것을 건 단발 승부. 굳이 따지자면 남자의 요리다.

그녀가 작가 오자키 시로나 화가 도고 세이지와 연애한 사실은 너무도 유명하다. 문단 제일의 '육식녀' 우노 지요가 이들과의 관계에서 확실히 주도권을 잡고 있었다는 사실은 레시피뿐만 아니라 그녀의 대표작 『오한』에서도 느껴진다.

염색집의 젊은 남편 '나(고키치)'는 소극적이고 착실한 아내 오한과 곧 태어날 자식을 버리고, 화려하고 승부욕 강한 게이샤 오카요에게 가버린다. 오카요에게 기대어 기둥서방으로 사는 데 익숙해질 무렵, 우연히 오한을 다시 만난 '나'는 반가움과 사랑스러움에 떠밀려 어쩌다 관계를 갖고 만다. 그렇게 '나'는 두 여자 사이를 오가게 되고, 어느 쪽도 선택하지 못한 채 시간만 속절없이 흘러간다. 여기까지만 보면 뭐 이런 남자가 다 있나, 화가 끓어오르지만 신기하게도 책장을 넘기는 손을 멈출 수 없다.

주인공이 여자들을 착취하면서 유쾌하게 살아가는 것이 아니기 때문이다. 지금껏 생각한 적도 없었던, 제멋대로 사는 남자의 고민이 여실히 그려져 있다. 주인공은 어느 쪽을 만나든 불안해서 이리저리 비틀거린다. 그리고 이중생활을 이어가면서 자기 자신을 점점 잃어버린다. 오히려 삶이 조금도 흔들리지 않는 쪽은 오한과 오카요다. 언뜻 봐서는 학대당하는 듯한 두 여자가 '나'에게서 살아갈 힘을 얻는 것처럼 느껴졌다. '나'가 본 오한과 오카요는 저마다 매력적이어서 어느 한쪽을 끊기가 어렵다는 것도 수긍이 갔다. 딱 한 여자를 정하지 못하고 갈팡질팡하는 것은 그 남자가 칠칠맞지 못해서겠지만, 그건 또 그것대로 무진장 힘들겠다 싶었다.

언젠가는 비극이 일어나리라는 희미한 불안이 초반부터 안개처럼 자욱한데, 누구나 상상할 수 있는 최악의 사건을 계기로 이중생활은 끝난다.

오한이 마지막에 내리는 결단을 우노 지요는 신성화하지 않는다. 두 여자 가운데 누구도 편들지 않고 최종적으로는 '나'조차 내친다. 끝부분에서 오카요가 오한을 평가한 이 말에 등골이 오싹했다.

> 남자가 필요 없는 여자는 남자 없는 나라로 가버리라지. 하지만 나는 남자가 필요해. 남자를 갖고 싶어.

오카요도 오한도 슬프리만치 자기 뜻을 굽히지 못한다. 우유부단한 '나'는 끝까지 안절부절못하며 두 사람 사이에서 우왕좌왕할 뿐이다. 우노 지요는 마치 '나'에게 '빙의'한 것처럼 정반대인 두 여자를 위에서 굽어본다.

그러고 보니 내가 아는 연애 체질들은 하나같이 무척 강하다. 외모는 아무리 여성스러워도 서슴없이 딱 자르는 결단력이 있다. 선택되기만을 기다리는 유형은 없었다. 그래서 남자의 약함과 못남을 잘 이해하고 끝까지 남자를 용서한다는 생각이 든다.

나는 그 경지까지 이르지는 못할 것 같지만, 우노 지요의 작품을 읽고 육식 레시피로 요리할 때마다 그때는 전혀 이해하지 못했던 지나간 남자들의 기분을 아주 조금은 이해한 기분이 든다.

사랑보다
지루한 일상에

요리는 그 레시피를 만든 사람을 드러내기 마련이다!
내가 대작가들이 사랑한 레시피에 빠져 있는 이유다.

　바로 앞에서는 우노 지요를 소개했는데, 이번에는 무
코다 구니코다. 일본 최고의 각본가이자 소설가일 뿐만
아니라 세련된 멋이 어울리는 아름다운 여자다. 그리고
자기 삶을 즐기는 데는 일가견이 있다. 고단샤에서 펴
낸 『무코다 구니코의 손요리』는 그녀의 성품을 엿볼 수
있는 최고의 읽을거리이자, 나도 모르게 만들어 먹고
싶어지는 매력적인 요리법이 한가득 실린 책이다. 우유
수프, 흰살생선 마요네즈 구이, 달걀과 닭간 우스터소
스 절임…… 음식 하나하나가 정말 간단하면서도 맛있
다. 제법 값비싼 외식도 즐길 줄 알고, 집에서 자기 손으
로 만든 음식도 그에 못지않게 사랑하는 여자만이 떠올

릴 수 있는 식재료를 조합하여 요리하는 데다가 덜어내는 미학까지 담겨 있다. 물론 시대의 차이도 있지만, 재료에 아낌없이 투자하며 칼로리가 높고 호화로운 우노 지요의 요리와는 달리, '무코다식 레시피'는 주변에서 쉽게 구할 수 있는 재료로 간단히 만들 수 있다. 싱글 여성만이 지닌 지혜와 아이디어가 돋보이지만 요새 유행하는 시간 단축용 메뉴와는 차원이 다르다. 엄격한 부모님 밑에서 착실하게 자란 맏딸만이 만들어낼 법한 단정함이 깃들어 있다. 언뜻 단순해 보이지만 그 맛을 보면 풍부하고 복잡하다. 아무리 생각해도 이건 '무코다 퀄리티'라 불러야 한다. 시간이 없다, 바쁘다, 여유가 없다는 핑계는 삶을 더욱 삭막하게 만들기만 한다는 사실을 절감한다.

내 안에 깊숙이 스르륵 스며드는 문장, 인간의 본질을 찌른다기보다는 싹둑 잘라내는 것만 같은 노련함. 무코다 구니코의 글을 읽고 나면 왠지 말로 표현할 수 없는 포근함이 밀려든다. 드라마도 물론 훌륭하지만 그녀의 단편소설은 활자를 음미하는 즐거움을 응축해놓은 듯한 '맛'이 있다. 『옆집 여자』는 내가 몹시도 좋아하는 구도, 즉 '전혀 딴판인 두 여성'을 그린 소설이다. 가슴속 설렘을 잊은 지 오래인 이들이 꼭 읽었으면 하는 작품이다.

아파트 벽 하나를 사이에 두고 생활하는 평범한 주부 사치코와 자유분방한 술집 마담 미네코. 옆집에서는 미네코와 남자들이 나누는 밀회 소리가 새어 나오고, 사치코는 그 소리에 가슴이 설렌다. 지루한 일상에 넌더리가 나 있던 그녀는 어떤 사건을 계기로 미네코의 애인 중 한 명인 아사다와 관계를 가진다. 하지만 아사다에게 사치코와의 만남은 놀이에 지나지 않았다. 그는 아무런 악의 없이 그녀의 지갑에 돈을 넣어준다. 일생에 딱 한 번 찾아온 사랑이라고 생각했는데 몸 파는 여자 취급을 받다니. 충격받은 사치코는 이 용서하기 힘든 잘못을 어떻게든 바로잡으려고 아사다를 쫓아 뉴욕까지 간다.

보통 작가라면 도저히 떠올리지 못할 너무도 대담한 전개다. 같은 입장에 있다고 독자를 방심하게 만들던 평범한 여자가 갑자기 경계선을 넘어버린 것이다. 남겨진 남편 슈타로는 사치코를 찾는 동안 미네코의 유혹에 넘어간다.

삶에 둔감해진 좀비 같은 부부가 남자와 여자로서 시험당하고 단기간에 다시 살아나는 이야기는 실로 스릴이 넘친다. 사치코는 결국 남편 곁으로 돌아온다. 마지막에 둘이 나누는 대화는 짧지만 도타운 사랑으로 가득하다. 이는 서로의 약함과 추함을 낱낱이 아는 사람끼리만 느낄 수 있는 감정이다.

"나 말이에요. 사실은 다니가와다케 협곡에 등산하러 간 게 아니에요."

"그만!"

이어서 슈타로는 부드럽게 "그만해"라고 말했다.

"사실은 나도 기슭까지 갔었어."

"기슭……."

"오르는 것보다 내려오는 데 용기가 더 필요하다고 하더라."

"누가요?"

슈타로가 눈을 떴다.

눈곱이 붙고 수염이 지저분하게 자란 얼굴을 보니 사치코는 묘하게

그리운 감정이 일었다.

"그 이야기는 일흔이나 여든쯤 되면 하지."

　무코다 구니코는 지루한 일상에 머무르기로 한 인간의 용기를 은
근슬쩍 긍정한다. 대모험을 마친 사치코의 성장이 '이전보다 반찬에
아주 조금 더 정성을 들이기'로 집약된다는 점이 애처롭고 변변찮으
면서도 압도적으로 옳다고 생각했다.

　마지막으로 한 가지 더. 달걀과 닭간 우스터소스 조림은 엄청나
게 간단한데도 눈이 번쩍 뜨일 정도로 맛있다. 목소리를 높여서 추
천하고 싶다. 정말, 정말 맛있답니다, 여러분!

여자를 위한
남자의 요리

신간 홍보와 여행을 겸해서 젊은 여성 편집자 A씨와 둘이 사비를 털어 오사카에 다녀왔다. 혼자 사는 데다 일은 정신없이 바쁘고, 요리도 잘 못하고, 거창한 식당에서 먹기는 또 피곤하다는 A씨에게 길거리 포장마차나 서서 먹는 음식점이 많은 우메다 일대는 마치 꿈속 같단다.

"종업원이나 다른 단골손님들과 여유롭게 대화하며 저렴하게 한 끼를 먹고 깔끔하게 집에 가는 것. 매우 이상적이에요!"

A씨는 그곳 명물인 조보야키(다코야키의 선조라 할 수 있는 일본 음식―옮긴이)나 다코야키를 볼이 미어지도록 우물거리며 행복한 표정을 지었다.

오사카에 올 때마다 느끼는 점이 있다. 식당 종업원

이 무척 친절하고, 나이가 적든 많든 커플 손님이 많은데 심지어 그들 모두가 한시도 입을 안 다물고 떠드는 모습을 보면 절로 눈이 휘둥그레진다. 먹는 것도 의사소통을 위한 도구 중 하나이니 마음 맞는 사람과 떠는 수다야말로 최고의 조미료이리라. 삶에 대한 탐욕으로 활기 띠는 곳에서 먹는 오코노미야키와 스키야키 맛은 특별했다.

그런데 A씨는 연신 한숨을 쉰다.

"아아, 다나베 세이코의 소설이라면 이런 가게에서 팔꿈치가 살짝 스친 남자와 첫눈에 사랑에 빠질 텐데. 실제로는 그런 일이 절대 안 일어나죠!"

A씨의 사랑을 응원하면서 돼지고기 오코노미야키와 쇠심줄 오코노미야키를 뒤집고 있자니 정말로 '오세이상' 작품 속 인물이 된 것 같아 유쾌했다. '오세이상'이라는 별명으로 불리는 다나베 세이코의 작품은 대부분 오사카를 무대로 한다. 그녀의 소설은 독신 여성의 솔직함과 맛있는 음식 묘사로 가득하다.

『대답은 내일』의 주인공, 스물네 살 아가씨 에모토 루루는 라쿠고落語(1인이 진행하는 일본 전통 만담—옮긴이)를 좋아하는 멋진 애인 다카오의 알 수 없는 말과 행동에 휘둘린다. 루루는 자기 미래를 불안해하지만 '나 혼자여도 괜찮아!'라고 외치듯 맛집을 스스로 개척해서 씩씩하게 맛있는 음식을 먹으러 다닌다. 지금이라면 '스위츠 sweets녀(카페에서 달콤한 음료나 디저트를 시키고 사진을 찍어 SNS에 올리는 여자를 비꼬는 말—옮긴이)'라고 야유를 받겠지만 어떻게든 제 힘으로 어른이 되려고 발버둥 치는 절실한 '여자' 또한 그녀 안에 있다.

고민 많은 그녀에게는 독서와 음식 취향이 딱 맞는 '우동 친구' 무라야마가 있다. 비록 설렘은 없지만 그와 보내는 시간은 무엇과도 바꿀 수 없는 에너지원이다. 루루를 격려하려고 송이버섯이 아낌없이 들어간 요리를 손수 만들어 대접하는 무라야마의 모습은 정말로 든든하다.

질주전자에 달인 쓰유의 맛, 스키야키의 간장과 설탕 비율, 술을 다 마시기도 전에 차마 기다리지 못하여 젓가락을 대고 만 송이버섯 영양밥의 순한 맛. 나는 참을 수가 없어서 소리쳤다.

"나무랄 데 없음, 할 말이 없음, 살쪄도 좋아. 맛있는 것도 못 먹는데 날씬한 인생이 무슨 의미가 있어!"

(⋯)

"응, 역시 입맛이 다르면 마음도 이어질 수 없다니까. 우선 같이 먹고 느끼는 게 중요해. 같은 음식을, 같은 맛으로."

자는 것보다 먹는 것이라고?

그 말은 삼켰지만, 적어도 무라야마와 둘이서 송이버섯을 먹고 있으면 어색하지 않았다. 남자든 여자든, 상대에 대한 애정은 맛있는 음식 속에서 싹트는지도 모른다.

다카오는 무라야마와는 정반대로 연애에서 생활 감각을 느끼게 하는 데 서툴다. 루루에게 손수 음식을 만들어주는 일은 절대 없다. 처음에는 다카오에게 홀딱 반했던 루루도 점차 그를 보는 눈이 달라진다.

다카오의 '어떤' 매력은 어쩌면 내가 멋대로 만들어낸 환상일지도 모른다. 그걸 알고도 다카오에게 내 운명을 건다면…… 물론 깊은 회열도 느낄 테지. 하지만 그것과는 전혀 다른, 애타고 답답한 마음을 평생 안고 살아야 할지도 모른다. 쓰디쓴 공허와 달콤한 충실함을 혀끝으로 번갈아 맛보면서 욕구불만 속에서 허덕이며 평생을 보내다가 끝을 맞이하는 삶, 그런 인생이 눈에 선했다.

루루의 결단, 그리고 스스로 내리는 사랑의 결말. 속이 다 시원하면서도 한편으로 옅은 슬픔이 밀려온다. 아마도 한 사람이 차려주는 식사를 마음껏 즐기기만 해도 되었던 '여자'의 시간이 끝난다는 사실을 암시하기 때문이리라.

'여자'라는 계절의 한창때인 A씨. 빨리 안정된 삶을 살고 싶다고 투덜거리지만 소소한 모험으로 가득한 하루하루가 즐거워 보인다. 이미 오래전에 그런 계절이 지나가버린 나는 그녀의 모습이 무척 눈부시고 부럽기만 하다.

손에서 손으로,
초밥의 관능과 위로

신세 진 분에게 초밥을 대접하기로 했다. 서른한 살이나 먹고서 처음 있는 일이다. 소설 취재차 가본 아사쿠사의 초밥집으로 정하고 설레는 마음으로 예약도 했다.

그곳은 장인이 초밥을 쥐어 자기 손바닥에 올려두면 손님이 직접 손으로 집어서 먹는 방식으로 유명한 가게다. 밥을 가볍게 살짝만 쥐므로 단단한 접시에 올리면 잠시뿐이라 해도 위에 얹은 재료 무게 때문에 초밥이 무너지기 때문이란다. 같이 간 일행도 처음에는 벌벌 떨면서 초밥을 집어 올렸지만, 어느새 편해진 모양인지 성게 알이나 오징어 등 좋아하는 초밥을 눈치 보지 않고 주문하며 맛있게 먹었다.

술 따르는 것 하나도 제대로 못하는 나이지만 이날만큼은 미리 여러 생각을 했다. 그분이 어떤 초밥을 좋아

할지 고심해서 '이건 어때요?' 하고 제안한다거나, 일행이 화장실 간 사이에 계산을 한다거나. 대접해보고 나서야 비로소 깨달았다. 초밥은 역시 내 돈을 내고 먹는 게 맛있다는 사실을.

"이렇게 맛있는 초밥, 당분간은 못 먹을 것 같아."

모시고 간 분도 기뻐해줬다. 내 고마움이 제법 전해졌구나 싶어서 나도 기뻤다. 사람의 손에서 손으로 전해지는, 반지르르 윤기 나는 초밥은 신뢰 관계 그 자체다. 고마운 마음을 전하기에는 안성맞춤이리라.

오카모토 가노코의 단편소설 「초밥」은 손에서 손으로 직접 전해지는 식食의 관능과 행복의 한순간을 선명하게 그려냈다.

초밥집의 인기 여종업원인 도모요는 놀 만큼 놀았다는 오십 대 단골손님 미나토에게 살짝 호기심을 느낀다. 미나토는 식사 예절이 훌륭하다. 그에게 초밥은 좋아하는 음식이라기보다 '위로'에 가깝다고 했다. 결벽증으로 편식이 심했던 어린 시절, 지금은 돌아가신 어머니가 손수 쥐어 만들어준 초밥 덕분에 먹는 즐거움에 눈떴단다. 미나토에게 초밥은 단순한 음식이 아니라 평생 가슴에서 지워지지 않는 모성의 상징인 셈이다.

신록이 아름다운 어느 날, 어머니는 청결한 툇마루에 새 돗자리를 깔고는 새 도마와 부엌칼을 가지런히 놓고 깨끗한 손 안팎을 돌려 보여주며 우선 아들을 안심시켰다. 그러고는 갓 지어서 식힌 밥에 식초를 섞고 조금 집어서 양손으로 밥을 쥐어 초밥을 만들었다.

알몸을 스르륵 어루만지는 듯 딱 알맞은 신맛에 밥과 달걀의 **단맛**이 맞춤하게 어우러진 맛이 혀에 가득 실린다. 하나 맛보면 어머니에게 몸을 기대고 싶어질 만큼 맛있다는 생각과 친밀한 감정이 따뜻한 향탕香湯처럼 아이의 몸속에서 솟아오른다. (⋯) 아이는 처음으로 살아 있는 것을 물어뜯어 죽인 듯한 정복감과 신선함, 그리고 주변을 넓게 둘러보고 싶어지는 기쁨을 느꼈다. 근질근질한 양 옆구리를, 기쁜 마음에 도저히 얌전히 둘 수 없는 손가락으로 긁적였다.

아이는 초밥을 연신 입으로 가져갔다. 초밥을 쥐어서 접시에 놓아주는 손과 집어 드는 아이의 손이 경쟁하는 듯했다. 그렇게 열중하는 사이, 어머니와 아이는 무념무상의 황홀한 세계로 빠져들었다. 어머니가 다섯 개, 여섯 개 초밥을 쥐어놓으면 아이는 얼른 입속으로 가져갔다. 재미있는 점은 이 과정에서 박자가 생겨났다는 것. 초밥 장인이 아니다 보니 어머니가 쥔 초밥은 저마다 크기가 달랐고 모양도 정교하지 않았다. 접시 위에 벌러덩 넘어져서 재료가 옆으로 떨어진 초밥도 있었다. 하지만 아이는 그런 초밥에 오히려 더 애정을 느꼈고, 제 손으로 모양을 잡아서 입에 넣은 초밥이 괜히 더 맛있게 느껴졌다.

미나토는 돌아가신 어머니의 잔상을 좇듯이 단골집을 만들지 않고 이 초밥집에서 저 초밥집으로 옮겨 다닌다. 미나토가 갑자기 발걸음을 뚝 끊자 도모요는 슬픔이 밀려온다.

어른이 되면 진심으로 믿을 수 있으면서 편히 기댈 수 있는 상대를 좀처럼 만나기 힘들다. 어린 시절에 갓 튀긴 도넛이나 주먹밥을 어머니의 손에서 천진하게 받아먹던 행복이 얼마나 얻기 힘든 것인지, 나이를 먹을수록 새삼 깨닫는다. 그러니 앞으로도 정말로 고마운 마음을 전하고 싶은 이에게는 초밥을 대접해야겠다.

● 오카모토 가노코, 「초밥」, 박영선 옮김, 뜨인돌, 2006

농밀하고 달콤한
부녀의 보물 상자

8월에 들어서면서부터 도대체 체온인지 기온인지 모를 온도와 높은 습도로 고생하고 있다. 날이 이렇게 더운데 무슨 의욕이 생기겠는가. 바깥에 나가고 싶은 마음도 전혀 없다. 요 며칠, 재택 노동자의 약점인 나태의 늪에 빠져 허우적대고 있다. 책도 안 읽고 음악도 안 듣고, 그저 드러누워 휴대폰만 만지작거리면서 꾸벅꾸벅 졸다 보면 찜찜한 마음과 함께 해가 뉘엿뉘엿 저문다.

까짓것, '이렇게 더운데 일은 무슨 일이야!' 하면서 마음 딱 먹고 푹 쉬기라도 하면 좋을 텐데 뭔가 의미 있는 일을 해야 한다는 초조함에서 도저히 벗어날 수 없다. 일본에 바캉스 문화가 뿌리내리지 못하는 이유가 바로 이것일까? 쉬고 싶어 하는 나와, 내 몸에 채찍을 휘두르며 일하는 게 맞다고 믿는 또 다른 내가 공존한다.

수영장 벤치에 몸을 맡기고 누워서 아무것도 하지 않고 유유자적 시간을 보내자니 어렴풋한 죄책감마저 든다.

하지만 소설가 모리 오가이가 사랑해 마지않았던 딸로도 유명한 모리 마리의 작품을 읽다 보면 나의 그런 거지 근성이 부끄러워진다. 날카로운 미의식과 유머가 넘치는 에세이도 정말 좋아하지만, 그녀의 소설『달콤한 꿀의 방』은 책장을 넘길 때마다 그동안 잊어가던 '황홀' 시럽에 푹 잠긴 듯 마음이 편해져 한숨이 새어 나온다.

때는 다이쇼 시대. 부유한 신사 린사쿠와 외동딸 모이라는 현실에서 모리 오가이와 모리 마리가 그랬듯이 누구도 범접할 수 없는, 농밀하고 달콤한 부녀. 이 정도면 아무래도 비윤리적이라거나 음습하다는 느낌이 들 법도 한데 전혀 그렇지 않다. 모이라는 린사쿠의 사랑을 한 몸에 받아 호화로운 생활을 누리며 아름답게 성장한다. 굳건한 자신감과 넉살이 넘치는 사람으로.

머리칼과 같은 색인 눈동자가 말똥한 모이라의 눈. 너무도 예쁜 그 눈에는 육식동물을 연상시키는 무언가가 웅크리고 있었다. 바로 애정에 대한 탐욕이었다. 그녀는 애정을 먹어치우는 육식동물이었다. 모이라는 자신에게 쏟아지는 애정의 열매를 물릴 때까지 탐했다. 더구나 린사쿠의 애정은 황금 열매의 즙처럼 달콤하고 향기마저 좋았다. 모이라는 거의 무의식중에, 어머니의 젖꼭지를 혀로 감싼 채 힘껏 빨고 물어뜯어 상처를 내면서도 무한히 흘러나오는 따뜻하고 달콤한 젖을 단 한 방울도 남김없이 빨아먹으려고 작은 입과 목으로 힘차게 꿀꺽 삼키는 갓난쟁이처럼, 린사쿠의 사랑을 마지막 한 방울까지 남김없이 빨아먹으려 했다.

피아노 선생님 바테이, 피서지에서 알게 된 청년, 남편이 되는 돈 많은 남자…… 누구든 모이라가 손 하나 까딱하지 않아도 하나같이 그녀의 악마적 매력에 사로잡힌 노예가 된다.

"그런 '인기녀' 이야기라니 질투 나고 짜증 나서 못 읽겠어!"

이런 소리가 들리는 듯하다. 하지만 모이라는 갖은 농간을 부리는 작은 악마라기보다는 '큰 아기' 같은지라 아무리 오만하게 행동해도 왠지 미워할 수 없다. 뭐든 서툴러서 하인이나 남자 없이는 아무것도 못 하는 여자. 말솜씨도 없는 데다 음식을 무서우리만치 우걱우걱 먹어치우는 먹보. '나 모이라야' 하는 무뚝뚝한 표정으로 주위를 위압하는 모습은 언뜻 통쾌하기까지 하다.

풍성한 비누 거품 속에 알몸을 누이고는 하인에게 씻기라고 등을 내준다. 선득한 시트에 누워서 눈웃음을 친다. 기분 좋은 느낌을 탐닉하는 모이라가 피부로 느끼는 감각을 추체험하다 보면 나 자신을 어루만지며 사랑하고 싶어진다. 그 밖에도 황홀하게 느껴질 정도로 의상에 대해 묘사하고 '건더기 없는 수프'나 '갈아서 구운 다음 부드럽게 졸인 등심에 파를 쪄서 곁들인 요리'같이 사치스러운 서양 요리를 묘사하는 문장들이 한가득이다. 마치 모리 마리가 좋아하는 것만 넣어둔 보물 상자를 들여다보는 느낌이다.

최근 연예인 단미쓰壇蜜 씨의 인기가 높다. 여유롭고 고풍스러운 분위기 덕분이 아닐까. 게다가 이름에 들어간 '꿀蜜'이라는 말의 어감이 여유라고는 찾아볼 수 없는 우리 마음을 꼭 쥐고 잡아당기기 때문인지도 모른다. 다이어트나 영양 따위와는 상관없는, 그저 즐거움만을 위해 깊숙이 스며드는 감로甘露.

하기 싫은 일은 내팽개치고, 보기 싫은 사람은 만나지 말아보자. 누구나 씁쓸한 기분을 맛보며 살아가는 법이지만, 가끔은 좋아하는 것들만 늘어놓고 시원한 방에서 어린애처럼 자유롭게 나만의 꿀 같은 시간을 담뿍 맛보는 것도 좋지 않을까?

아름다운 부부애는
자연스럽게 드러난다

무더위가 눈 깜짝할 사이에 물러가고, 홀로 남겨진 듯
한 외로움을 음미하고 있다. 산이 깊으면 골짜기도 깊
듯, 더우면 더운 만큼 축제가 끝난 자리에 고인 적막도
깊다.

'축제' 하니까 떠올랐는데, 더위 못지않게 올여름 트
위터를 뜨겁게 달군 사건이 있었다. 식당 종업원이 파
는 음식을 마치 장난감 다루듯 하는 사진을 연달아 올
렸다. 이 사건은 신문에 실려서 큰 논란을 빚었다. 대형
냉장고에 들어가 더위를 식히는 젊은이 사진은 올여름
을 상징한다고 해도 좋을 정도다. 물론 용납하기 힘든
행동이기는 하지만, 사람들은 무더위에 대한 분풀이라
도 하듯이 펄펄 날뛰었다. 사진 주인공이 미성년자라는
사실도 비난의 화살을 꺾지는 못했다.

『후지 일기』는 다케다 유리코가 남편 다케다 다이준과 후지산 북쪽 기슭의 산장에서 지낸 나날(1964~1976년)을 기록한 일기로, 오늘날까지 훌륭한 일기문학으로 사랑받는다. 그러고 보면 이 작품 속에 등장하는 유리코의 천진난만한 행동은 인터넷 시대 블로그에 올렸다면 비난의 대상이 되었을 법한 것뿐이다. 음주 운전은 당연한(!!) 일이고, 산에서 발견한 식물을 마구잡이로 먹었다가 배탈이 나고, 실오라기 하나 걸치지 않은 알몸으로 여유롭게 호수를 헤엄친다. 감정에 솔직한 사람이라 거리를 지나다가 괜히 시비 거는 사람과 싸우는 일도 부지기수다. 또한 뭐든 잘 먹는 유리코가 척척 만들어내는 간소한 요리 비망록은 너무도 매력적이다. 그러나 지금이라면 요리 게시판 같은 데서 '부실해', '반찬 가짓수가 너무 적잖아', '남편 건강도 좀 생각해!', '탄수화물이 너무 많아' 하며 집요하게 잔소리를 들을 게 뻔하다. (하지만 그게 장점인걸!)

특히 동물을 좋아하는 유리코는 기르던 고양이가 뱀을 물어 오면 매우 기뻐했다. 질색하는 남편 따위에게는 아랑곳없다.

"아, 다마가 뱀을 물어 왔네. 여보, 이것 좀 봐요. 다마의 표정이 살바도르 달리 같아." 남편은 내 목소리를 듣자마자 작업실로 들어가 서둘러 맹장지를 꽝 닫았다. 다마는 뱀을 입에 문 채 작업실 앞에 떡 버티고 앉아 기다린다. 뱀을 입에 물었으니 야옹 소리를 낼 수도 없겠지. 남편에게 뱀을 보여주고 싶어서 다마는 문을 열어줄 때까지 잠자코 기다린다. "잘 들어, 여보. 다마를 들여보내면 안 돼. 절대 문열지 마. 나는 싫어. 빨리 다마를 데려가. 뱀은 멀리 내다 버리고." 남편은 작업실 안에서 사색이 되어 덜덜 떨리는 목소리로 말했다. 나는 다마의 머리를 쓰다듬으며 "우리 다마 대단하다. 멀리서부터 부지런히 잡아 왔겠네? 힘들었겠다. 보여줘서 고마워."라고 말한다. 여전히 입에 뱀을 물고 있는 고양이를 나는 욕실로 들여보냈다.

라인, 트위터, 페이스북 모두 편리해서 참 좋다. 그리고 이따금 울고 싶은 밤, 위로가 되어주기도 한다. 다베로그(일본의 음식점 평가 사이트—옮긴이)나 아마존 구매평이 도움이 될 때도 많다. 하지만 언제나 타인과 의견을 조율하고 '어떻게 보이는가'에만 신경 쓰며 행동하다 보면 여유로운 천성은 희미해지기 마련이다. 때로는 인간 군상 사이에서 한 발 뒤로 물러나 미리 검색하지 말고 동네 산책 겸 마음이 이끄는 대로, 발길 닿는 대로 자유롭게 거닐어보자. 홀로 바람의 변화를 즐기기도 하고, 사전 정보가 전혀 없는 가게에 무턱대고 들어가기도 하고, '길냥이'의 흔적을 쫓는 것도 좋겠다. 그런 생생한 경험만큼 영혼을 건강하게 만드는 것도 없다.

『후지 일기』는 애초에 남에게 읽히려고 쓴 글이 아니라 남편의 권유로 쓰기 시작한 산속 생활 비망록이다. 상권, 중권, 하권을 다시 읽고는 새삼 깨닫는다. 이 책은 역시 다케다 부부의 사랑 이야기구나. 별것 아닌 듯 무심한 대화에 두 사람의 깊은 사랑이 배어 있어서 자꾸 심장이 두근거렸다. 다케다 다이준의 건강이 나빠지는 후반으로 가면 죽음의 그림자가 진해진다. 하지만 후지산의 계절 변화를 받아들이듯, 유리코는 점점 쇠약해지는 남편 곁을 담담히, 그리고 굳건하게 지킨다.

비가 올 때마다 풀이 자라고, 잎과 가지가 풍성해지고, 초록은 깊어진다. 시간이 일 초 일 초 사라진다. 해마다 나이를 한 살씩 먹으니 나는 아마 죽을 때 깜짝 놀랄 것이다.

마지막으로, '우노 지요' 편에서도 언급한 『문사요리입문』에 나온 『후지 일기』 레시피를 소개하며 다케다 유리코식 비망록으로 작별 인사를 하련다. 그냥 한번 해보고 싶었다.

9월 10일 밤 야키소바(양배추, 쇠고기, 잔새우)

애플파이와 사랑의
상관관계

사과 값이 내렸다. 그래서 나카시마 시호의 『매일 먹고
싶은 '밥 같은' 케이크와 머핀』에 실린 애플파이를 굽
기로 했다. 버터도 달걀도 쓰지 않고 통밀 가루와 두유
로 만드는 파이 반죽은 간단하고 칼로리도 낮은데 식감
은 바삭바삭하다. 최근 몇 년 동안 즐겨 만든 '완소' 레
시피다. 나는 게으름뱅이지만 과자 굽는 일만큼은 고생
스럽게 느껴지지 않는다. 은행잎 모양으로 자른 사과를
수수 설탕과 물만으로 졸이면 새콤달콤한 향이 집 안을
가득 채운다. 그러면 왠지 내가 그럭저럭 제대로 살아
가는 인간이라는 착각이 들어서 좋다.

애플파이란 참 신기한 음식이다. 일 년 내내 어디를
가든 먹을 수 있는데(맥도날드에도 있으니) 왠지 '극적
이고' 특별한 울림이 있다. 과자이지만 가볍게 허기를

채울 수도 있다. 제대로 만들려면 시간이 걸린다. 어릴 때 자주 먹은 기억도 딱히 없는데 왠지 추억이 어린 듯하고 모성 이미지가 감돈다.

하라 가쓰미原克는 『애플파이 신화의 시대—미국 모던 주부의 탄생』(이와나미쇼텐)에서 미국을 상징하는 과자인 애플파이가 여성을 계몽하는 도구로서 어떻게 이용되어왔는지 다양한 상품 광고를 예로 들어 논했다. 발랄하고 다채로운 1950년대 식품 포스터를 좋아해서 읽어봤다가 등골이 서늘해진 책이다. 제2차 세계대전 이후 냉전이나 핵 개발에 대한 대중의 광분을 무마하기 위해, 광고업계에서는 은근슬쩍 '강하고 풍요로운 미국', '모두가 웃고 있는 행복한 가정' 같은 환상을 유포한다. 주부가 애플파이를 구울 줄 모르는 것은 수치다, 예쁘고 현명한 여자는 애플파이를 구워야 한다, 애플파이야말로 엄마의 손맛이다, 엄마 손맛은 남자라면 누구나 좋아한다, 남편에게 사랑받는 것이 최고의 행복이다 등등. 굽기 어려운 파이를 손쉽게 만드는 가공식품을 팔기 위해 내세운, 이런 광고 문구는 여성들을 교묘하게 막다른 골목으로 몰아넣고 피폐하게 만들었다.

지금 흘러나오는 광고에도 의심스러운 구석이 있다. 생명의 상징이기도 한 사과를 달콤하게 졸여서 손이 많이 가는 파이로 감싸서 만드는 과자. 보통 따뜻하게 먹는 과자. 애플파이는 이렇듯 친숙하고 관용적인 이미지를 지니고 있기에 오히려 무의식중에 다양한 것을 강요당하기 십상이다.

다이쇼 시대에서 쇼와 시대에 걸쳐 활약한 오사키 미도리의 희곡

『애플파이의 오후』에 등장하는 애플파이는 가벼운 사랑의 상징으로 바뀐다. 오사키 미도리의 문장은 내 안에 있는 공상을 좋아하는, 조금은 비뚤어진 소녀를 바깥으로 끌어낸다. 딱히 대단한 세계를 그린 것도 아닌데 어쩐지 값싼 신발을 신고서 어디까지고 갈 수 있을 것만 같이 자유분방한 기분이 든다. 대수롭지 않은 말이나 표현에도 어금니로 얼음사탕을 깨문 것처럼 쨍한 달콤함이 번진다. '고추가 들어간 소다수 같은 오빠'와, 말다툼하기 일쑤에 지기 싫어하는 성미를 지닌 선머슴 같은 소녀. 오빠는 연인에게 청혼을 한 터라 대답을 기다리느라 날이 서 있고, 소녀는 오빠 친구와 나눈 입맞춤을 잊지 못하여 수신인 없는 연애편지만 연거푸 쓴다. 이야기의 마지막 부분, 그 오빠 친구가 좋은 소식과 함께 애플파이를 들고 온다.

오빠 친구   차는 괜찮으니 이리 와서 앉아.

소녀   하지만 당신은 차가 진할수록 다정해지는걸요. (파이를 자른다.)

오빠 친구   (파이를 먹으면서) 파이만 먹는 게 좋아. 차에 취하면 또 입술을 빌리고 싶어지니까.

소녀   (파이를 먹으면서) 아직도 서운한 거예요? 편지에 그렇게 썼는데도.

오빠 친구   '왜냐하면 왠지 쑥스러웠거든요'라고 했던가? 그러니 더더욱 차는 끓이지 마.

소녀	그 편지는 지난주 얘기예요. (일어선다.) 물이 끓어
	넘쳐요.
오빠 친구	물은 끓든 말든 내버려둬. 나는 이미 진한 차를 마신
	기분이거든.
소녀	(반사적으로 손수건을 꺼내 입 주변을 닦는다.)
오빠 친구	(성급히) 내버려둬. 왜 그런 아까운 짓을 하는 거야.
	달콤할수록 좋아.

이 애플파이는 아마도 겹겹이 층을 이룬 파이가 아삭아삭 큼직한 사과를 감싸고, 겉에는 살구잼을 반질반질 윤이 나게 바른 일본만의 맛이리라. 입이 거친 오빠도, 약간은 속물인 오빠 친구도 소녀가 건 방진 태도로 여과 없이 말을 내뱉어도 대등하게 논쟁해주는 점이 좋다. 역시 애플파이는 그냥 간단한 간식이어야 하고, 여자는 누군가의 소유가 되기보다는 자유롭게 날갯짓해야 하는 법이다.

여자가 무섭다고?
남자는 더 무서워!

신간 홍보를 위해 TV에 출연하기로 했다. 평소에 나는 보풀투성이 스웨터를 입고 다니고 화장도 안 한다. 카페, 집, 마트를 오가면 끝인 심심한 일상이기에 TV 출연을 결정하고는 온몸의 세포가 들고 일어난 듯했다. 조금이라도 날씬하게 보이려고 아오야마에 달려가서 어두운 색으로 옷을 사고, 미용실에 헤어 스타일링과 메이크업을 예약하고, 작가 친구들을 터키 음식점으로 불러 모아서 작전 회의까지 했다. 회의 결과, 누가 뭐래도 가장 중요한 것은 내용으로, 되도록 편집당하지 않고, 적을 만들지도 말 것이며, 위트와 지성이 넘치되 아주 살짝 특이한, 작가만이 할 수 있는 재미있는 이야기를 하란다! 일도 다 팽개치고 머리를 쥐어짜서 머릿속으로 대본을 썼다. 그리고 드디어 녹화 당일, 나는 스태프가 실소할 만큼 온몸으로 그로모은 서비스 정신을 발휘했는데…….

방송을 보니 나는 생각보다 얌전하고 맹한 삼십 대 여자였다. 그래도 같이 출연한 유명 연예인이 내 책을 언급해준 덕분에 아마존 순위는 급상승했다. TV의 광고 효과를 실감했다.

방송이 끝나고 나서야 나 같은 사람이 발버둥 친다고 해서 큰 영향을 끼치는 건 아니라는 사실을 깨달았다. 전문가의 손에 맡기고 나는 그저 의연하게 앉아 있으면 되었던 것이다. 이런 일에 아무런 부담도 느끼지 않고 자연스럽게 평소 옷차림대로 나와서 진솔하게 자신을 보여주는 사람을 나는 진심으로 동경한다. 요 며칠, 나는 확실히 나 자신을 잃고 야단법석으로 안간힘을 쓰며 다른 사람이 되려 했다.

2013년 9월에 타계한 야마사키 도요코의 초기 걸작인 장편소설 『여자의 훈장』은 허례허식으로 가득한 패션업계의 소용돌이에 휘말리는 동안 점차 자신을 잃어버리는 디자이너 노리코 이야기다.

오사카 센바에서 부잣집 아가씨로 얌전하게 자란 서른세 살 노리코는 세 제자를 거느리고 양재 학교를 연다. 봉건시대의 상인인 부모에게 반발하면서도 어머니에게 물려받은 문장紋章으로 학교 스테인드글라스를 장식하는 모습에서는 자신의 성장 배경에 긍지도 느낀다는 사실을 엿볼 수 있다. 경영 매니저랍시고 세상 물정을 모르는 그녀에게 들러붙어 그녀의 야심을 부채질해서 출세를 도와주는 듯싶지만, 결국 모든 것을 빼앗아가는 이가 있다. 잘생긴 수완가이자 사상 최악의 악역, 긴시로다. (영화화된 야마사키 도요코의 작품에 자주 나오는 다미야 지로가 영화 〈여자의 훈장〉에서도 이 역할을 맡았다. 안경 낀 모습이 섹시하다!!)

처음에는 여자들끼리 서로 가랑이를 물고 늘어지는 이야기인 줄 알았는데, 실상은 이 긴시로라는 남자에게 현혹당하는 여자들의 불행이 가차 없이 그려진다. 애초에 '여자들은 지나치게 감정적이라 무섭다'라는 남자들의 주장은 분명 뭔가 꿍꿍이가 있을 때 쓰는 수법이다. 여자들이 너무 감정적이어서가 아니다. 다른 이에게 자기감정을 떠맡기지 않을 뿐이다. 여자들은 불만이 있으면 자기 나름의 방법으로 충분히 전달할 수 있으니 문제가 생기면 긴장감이 도는 속도가 남성 집단보다 빠를 뿐이다. 여성이 많은 직장에서 분위기가 나쁘다면 그 조직이 뭔가 잘못됐기 때문인데도 여성 집단에 대한 편견 탓에 본질을 파악하지 못한 채 상황만 더 나빠지는 경우가 많다.

긴시로는 이 '여자는 무섭다' 이론을 최대한 이용하여 노리코와 제자들을 서로 등 돌리게 만든다. 그뿐만 아니다. 유들유들한 오사카 사투리를 쓰면서 그녀들을 솜씨 좋게 유혹하여 모두와 관계를 갖고는 체스 말로 이용한다. (딱 한 사람, 실로 교활하게 복수하는 엄청난 다크호스 아가씨가 있지만 재미를 위해 이름은 밝히지 않겠다.)

인간이란 누구나 어떤 식으로든 인정받고 싶어 하는 욕망을 품고 있죠. 하지만 그 방식이 조금이라도 잘못되면 인생마저 망치고 말아요. 다시 말해 부나 명성이 가슴에 빼곡히 훈장처럼 달려 있다 해도 훈장을 단 방식이 잘못됐다면 아무런 의미가 없죠.

이렇게 말하며 노리코를 엄하게 타이르는 사람은 평소에 말이 없는 대학교수 시라이시다. 파리에서 시라이시와의 온화한 사랑에 눈 뜬 노리코는 모든 것을 정리하고 새롭게 살아가기로 결심하고, 마침내 긴시로와 정면 대결을 벌인다.

노리코는 그저 칭찬만을 바라고 허세가 있으며 사치를 좋아한다. 이렇게 필요 이상으로 자신을 과시하려고 기를 쓰다 보면 가지 않아도 될 길로 돌아가거나, 가장 소중한 것이 손가락 사이로 줄줄 빠져 나가는 법이다. 노리코의 싸움이 맞이하는 결말은 그 사실을 잔혹하리만치 똑똑히 증명해 보인다.

아가씨의
압도적인 행동력

누구나 그렇겠지만 연초에는 괜히 어수선하다. 정리해야 할 잡다한 일과 약속, 마감이 산더미처럼 쌓여서 해도 해도 끝이 보이지 않는다. 하지만 거리를 걷노라면 가슴 설레는 쇼윈도와 조명에 정신이 팔리고, 사랑스러운 밸런타인데이 소품과 선물을 찾느라 여념이 없어진다. 그러다가 다시 정신을 차려보면 아무것도 끝내지 못한 채로 다음 날이 온다. 좀 더 목적의식을 지닌 채 금욕적이고 흔들림 없이 길을 열어나갈 수는 없을까.

그런 나조차 읽기만 해도 일이 잘 풀릴 것만 같은 희망이 샘솟는 책이 있다. 전 일본 총리 이누카와 쓰요시의 손녀인 이누카이 미치코가 1948년부터 십 년간 미국과 유럽을 누빈 견문록 『아가씨 방랑기』다. 젊은 날의 이누카이는 겁 없고 용감하지만 야심만만하고 탐욕스러운 유형은 아니다. 곤란한 사람을 보면 내버려두지 못하고 자원봉사에 적극적이다. 호의를 순수하게 받아들이면서 눈 깜짝할 사이에 이국에 적응하는 유연함은 '아가씨'만의 강점이다. 그러나 자신에게는 엄격하다.

> 전쟁이 한창일 때부터 이미 나는 우물 안 개구리처럼 아무 실력도 없는 주제에, 착실하게 현실을 살고 있지도 않은 주제에 내가 잘하고 있다고 생각하는 경향이 있음을 깨닫고 두려웠다. 그리고 뭘 하든 나 자신과 내 생활의 혁신이 가장 중요하다고, 젊음의 열정으로 한결같이 그리 믿었다.

부모 돈으로 여행이나 다니는 우아한 여행기라고 생각하면 큰 오산이다. 이누카이는 누구에게도 기대지 않은 채 자기 힘으로 직접 세상을 경험하자고 결심한다. 우선 장학금을 받아서 미국으로 건너가 보스턴에서 학교에 다니면서 여비를 마련할 계획을 세웠다. 하지만 갑자기 결핵에 걸려 요양원에 들어가게 된다. 의사는 다 나으려면 몇 해는 걸릴 거라고 경고한다. 보통 사람이라면 이 시점에서 머릿속이 새하얘지고 절망에 빠져 울며불며 귀국하리라. 하지만 이누카이는 결코 허둥대거나 비관하지 않는다. 냉정하게 상황을 파악하고 지금 당장 할 수 있는 일을 생각한다.

보스턴에서 내가 따라가기 어려운 수준의 강의를 듣는 것보다는 여기서 조용히 책을 읽는 편이 미래를 위해 도움이 될 듯했다.

일 년이 걸리더라도 뭔가 손기술을 배우면 악착같이 강연하러(제2차 세계대전 직후 미국에서 일본인이 일본의 상황을 이야기하는 유료 강연이 인기가 높았다—옮긴이) 돌아다니는 것보다 어쩌면 더욱 능률적인 돈벌이가 되겠다는 생각이 들었다. 이젠 보스턴에서 하던 것과는 반대로 머리가 아니라 손을 쓰는 거다, 그리 생각한 것이다.

최초의 고열이 가라앉고 요양원 생활에도 익숙해지자 나는 일을 찾아 나섰다. 처음에는 인형이라도 만들까 생각했지만 재료비가 너무 많이 들 것 같아 단념했다.

밑천이 들지 않으면서 만들기 쉽고 나아가 돈이 되는 손기술, 그런 일이 없을까 여러 가지로 고민했다.

기회는 갑자기 찾아온다. 문병객 가운데 해군 사관과 친해진 이누카이는 그가 낙하산계임을 알고는 튼튼한 낙하산용 나일론사를 공짜로 얻어낸다. 깊이 고민하지 않고 서둘러 나일론사로 허리띠를 짜고는 입소문을 이용해 판매에 나선다. 급기야는 시간이 차고 넘치는 입원 동료들을 종업원으로 고용해서 사업화한다. 그렇게 무려 요양하는 동안 여비를 마련한다!

프랑스에 머무르는 동안 외로움에 빠지기 쉬운 유학생들과 커뮤니티를 만들고자 분투하는 '성을 받은 이야기'도 놀랍다. SNS도 없던 시절에 엽서와 입소문만으로 눈 깜짝할 사이에 네트워크를 구축하다니. 이누카이는 자신의 인간관계를 충분히 활용해 성을 가진 부호의 아들과 친해져서 유지, 보수를 조건으로 성을 말 그대로 공짜로 빌린다. 그러고는 숙소를 구하는 목수들을 찾아서 그들에게 숙소를 제공하는 대신 수리를 부탁하고, 동급생의 고향 집에 부탁해 식료품을 조달한다.

목표를 정한다, 거기에 이르도록 해줄 수단을 얼마든지 생각해본다, 사람들과 이어지는 것을 두려워하지 않고 상대가 잘하는 분야를 파악하면 기탄없이 맡겨버린다. 머리는 차갑게, 심장은 뜨겁게. 그래서 사람들은 이누카이를 좋아했을 테고, 저마다 자기 일처럼 도왔던 것이리라.

올 한 해, 공황에 빠지게 된다면 이누카이가 한 이 말을 나에게 들려줘야겠다.

무슨 일을 하든지 가장 어려운 일부터 해치우려는 것은 미련하기 그지없는 생각이다.

혼자서도 억척스럽게
인생을 포기하지 않는 힘

친척이 연달아 돌아가셔서 상중이었기에 올해는 연하
장이 적게 왔다. 그래서 쓸쓸한 새해 첫날을 맞았다. 이
렇게 장례식이 이어지니 평소에는 전혀 신경 쓰지 않았
던 핏줄이라든가 인연 따위를 느낀다. 일본 전역에 흩
어져 사는 친척들이 보이지 않는 실로 묶여 있는 것만
같다. 동시에 내 마음속에 숨겨진, 뿌리에 대한 반발심
에도 흠칫 놀란다. 앞으로는 이런 것들을 더욱 강하게
의식하는 일들이 일어나겠지. 단순히 오조니(일본에서
새해 첫날에 먹는 전통 음식―옮긴이)를 먹고 TV를 보며
편히 쉬는 날에 지나지 않았던 설날의 의미가 조금 달
라진 연초였다.

미야오 도미코의 『기류인 하나코의 생애』는 도사(고
치 현의 옛 지명―옮긴이)의 거물 협객인 기류인 마사고

로(통칭 '오니마사')의 집에서 거두어 키운 마쓰에의 시점에서 다이쇼 시대부터 쇼와 시대까지 일족의 흥망을 그렸다. 일본판 '대부'라고도 불리는 걸작 대하소설이다.

고샤 히데오 감독이 영화로 만들었고, 마쓰에 역을 맡은 나쓰메 마사코의 대사 "물로 보지 마!"가 크게 유행한 바 있다. 멋진 여주인공이 대활약하는, 통쾌하고 박력 넘치는 이야기라고 생각했는데 큰 착각이었다. 오니마사라는 작자는 '여자의 눈은 울기 위해 있고, 입은 다물기 위해 있다'라는 말을 거리낌 없이 내뱉고, 아내와 애인에게 폭력을 휘두르는 것이 일상다반사다. 늦게 본 친딸 하나코는 금이야 옥이야 하면서 착하고 성실한 수양딸 마쓰에는 교육도 제대로 못 받게 하고 하녀처럼 마구 부려먹는다. 심지어 마쓰에가 조금 성장하자 성적 학대까지 가하려 든다. 마쓰에에게 청혼하러 온 남자를 보고는 눈이 뒤집혀서 새끼손가락 끝을 자르게 하는 대목도 있다. 이는 아버지다운 감정이라기보다는 소유물을 빼앗기는 데 대한 두려움과 체면에 연연하는 성격 탓이다. 그 모든 것이 '협객 세계의 규칙'이라는 한마디로 정리되고, 심지어 미담으로까지 둔갑하니 마쓰에는 고통과 절망을 느낄 뿐이다.

하지만 자립을 향한 소망이 꺾이고 또 꺾여도, '깡패 딸'이라고 가는 곳마다 손가락질을 당해도 마쓰에는 현실을 착실히 살아가기를 포기하지 않는다. 교사도 되었다가 삯바느질도 했다가, 온갖 일을 하며 혼자 힘으로 살아가려고 애쓴다. 반듯한 교사인 교스케와의 사랑도 조용히 결실을 맺어간다. 전쟁으로 모든 것을 빼앗기고 말지만, 마쓰에는 중년에 이르러 비로소 자그마한 성을 갖게 된다. 이 이야기의 주역은 오니마사도, 제목에 등장하는 하나코도 아니다. 피비린내 풍기는 세계에서 지성과 교양의 장벽을 치고 자기 영역을 지키려는 소녀의 고독한 투쟁에 관한 이야기다.

마쓰에의 생애에서 환희나 경사는 극히 드물었다. 굳이 들자면 그때 일자리를 얻은 것이 큰 기쁨 가운데 하나였다고 마쓰에는 생각한다. 훌륭한 가문의 자식도 아니고 후원자도 없는 혈혈단신 여자의 가느다란 팔로 세파를 헤쳐 나가면서 확실한 것 하나 없는 세상 속에서 안정된 직업을 얻은 기쁨. 심지어 교스케를 잃고서 죽고 싶기까지 했던 후인 만큼 그 안도감은 이루 말할 수 없을 정도로 컸다. 하숙집으로는 곤야마치에 있는, 다 타고 겨우 남은 직물 도매상의 이층 방 두 개를 빌렸다. 귤 상자에 천 조각을 덧대어 작은 함을 만들고는 교스케의 유골을 안치한 후 밤이면 밤마다 그 유골함에 말을 걸면서 홍차 한 잔을 우려서 홀짝였다. 마쓰에는 그 맛있는 홍차 한 잔이 자기가 누리는 최고의 사치라고 생각했다. 그리고 부디 남은 인생은 별 탈 없이 살고 싶었다.

하나코의 성장과 반비례하여 기류인 가문은 점차 쇠락한다. 마치 저주에 걸린 듯 불행이 연달아 들이닥친다. 마지막에 남겨진 사람은 하나코와 마쓰에 둘뿐이다. 자신은 가질 수 없었던 모든 것을 걸신들린 듯 탐하며 오로지 게으르게 살아온 하나코에 대한 질투와 분노를 넘어서, 마쓰에는 피는 섞이지 않은 언니로서 어떤 행동을 취한다. 협객을 몹시도 싫어한 마쓰에야말로 결국 누구보다 의리와 인정을 중시하고, 누구의 힘도 빌리지 않은 채 자기 뜻을 관철해내는 것이 이 이야기의 백미다. 의지할 사람 하나 없이 팍팍한 인생인데도 마쓰에는 자연스레 약자 편에 선다. 이와 대조적으로, 그저 어리광 부리며 향락과 화장품만을 제공받아온 하나코의 슬픈 말로는 이 나이쯤 먹은 사람의 입장에서 보자면, '여자아이 교육'에 대해서도 깊이 생각하게 만든다.

부하 하나 거느리지 않아도, 일본도를 휘두르거나 멋지게 기모노 목깃을 뒤로 바짝 젖히지 않더라도 우리 여자들은 막상 무슨 일이 닥치면 혼자서도 자기 길을 걸어갈 수 있는 존재인지도 모르겠다.

여자들의
진한 우정

친구와 사소한 일로 말다툼을 하는 바람에 좀 껄끄러워
졌다. 두루뭉술 만족스럽던 여자들만의 밀월이 가족이
나 일 같은 외적 요인으로 인해 금세 틀어지는 건 슬픈
노릇이다. '몸 하나로 우정에 몰두할 수 있는 시절은 이
제 끝났구나' 하고 반성하며 자못 씁쓸했다.

　『환상의 붉은 열매』는 아동문학가 이시이 모모코가
자기 체험을 반영한, 가슴이 뜨거워지는 우정 이야기
다. 무대는 태평양전쟁 직전의 무사시노(도쿄도 중부에
있는 도시—옮긴이), 문단의 아이돌이자 자유분방한 미
녀 후키코와 똑 부러지는 커리어우먼 아키코는 아름다
운 하늘타리 덩굴이 서로를 끌어당기듯 친해져서 우정
을 키워간다. 하지만 후키코는 결핵에 걸려 살날이 많
지 않다. 아키코는 그녀가 조금이라도 풍요로운 시간을

보낼 수 있게 해주려고 고심한다.

이시이 모모코는 『곰돌이 푸』, 『피터 래빗』, 『둘리틀 박사의 모험』 시리즈를 번역했으며 동화 『논짱 구름을 타다』를 쓰기도 한 뛰어난 작가로, 실제로 병약한 친구를 위해 『곰돌이 푸』 번역을 서둘렀다고 한다. 그녀가 남긴 에세이에 나오는 대목이다.

> 이제 그 병자는 책도 읽을 수 없을 정도로 몸 상태가 좋지 않아서 어머니가 매일 조금씩 읽어줘야만 하는 상황이었다. 그 짧은 순간만이 그 사람이 고통을 잊을 수 있는 시간이었다. 그 사람의 마지막 말이 '푸……'였다는 이야기를 들었을 때 내 앞에 죽은 친구의 얼굴이 불현듯 떠올라서 나는 당황했다.
>
> ─『푸와 나』 중에서

『환상의 붉은 열매』에도 아키코가 곰돌이 푸를 연상시키는 동화를 열심히 번역해서 후키코를 기쁘게 하는 장면이 등장한다. 두 사람이 수예와 요리를 즐기고 아르바이트로 돈을 벌어 바캉스를 가는 장면이 생생하게 묘사된 부분에서는, 여자가 최고의 친구를 얻었을 때 뭐든 다 할 수 있을 것만 같은 느낌과 흥분이 넘쳐흐른다. 세상이 쭉쭉 넓어지고, 킥킥거리며 수다 떠는 것만으로 몸속에서 좋은 세포가 증식하는 느낌, 서로의 장점과 재능이 날마다 눈에 띄고 이제 겁날 것 하나 없는 기분……. 나 또한 느껴봤던 감정이 행간에서 뜨겁게 와닿았다.

왜 후키코 곁에 있으면 인생을 이루는 모든 것이 아무런 저항도 없이 술술 움직이는 걸까. 왜 서로한테 왕성하게 반응하고, 그것이 즐겁다고 생각하게 되는 걸까.

두 사람의 밀월은 아키코의 결혼으로 싱겁게 끝난다. 남편 세쓰오는 아내가 결핵을 앓는 후키코와 가까이 지내는 것을 달가워하지 않는다. 자유를 빼앗기고 집안일에 쫓기는 사이에 아키코도 건강을 해치고 만다. 세쓰오가 남존여비 사상으로 무장한 남자라서가 아니라, 서툴기는 하지만 아키코를 지키기 위해 어떻게든 후키코와의 인연을 끊으려고 발버둥 쳤다는 점이 어떻게 보면 참 딱하다. 아무리 애써봤자, 여자들 사이의 농밀한 시간에 대해서만큼은 이 사회를 대변하는 그는 장애물일 뿐이다. 세쓰오가 완전한 패배자로 손가락질당하는 상황에서 아키코의 벗 후키코가 세상을 떠나는 것은 가슴 아프다.

후키코를 안 지 삼 년 삼 개월이 지났다. 그중에서 세쓰오와 산 일 년을 빼면 아키코가 진심으로 친밀함을 느낀 사람은 후키코뿐이었다. 영문도 모른 채 세상에 태어난 인간이 또 한 사람의 인간에게 가질 수 있는, 무서우리만치 가장 좋은 것은 이해관계가 아닌 애정이

리라. 후키코와 헤어질 때가 온다면, 그리고 누군가가 저세상에 선
물로 단 한마디를 전해준다면 일본어로는 익숙하지 않은 그 말, '사
랑해'라는 말뿐이라고 아키코는 생각했다.

　이야기 후반에는 늙어가는 아키코가 젊은 나이에 죽은 친구의 또
다른 인생을 찾아서 과거로 떠나는 모습이 그려진다. 아키코는 미처
몰랐던 후키코의 다른 면에 충격을 받지만, 그래도 하늘타리를 바라
보며 함께 지낸 시간을 믿으려 한다. 사랑하는 친구와 소소한 것들
로 곧잘 흥분하는 즐거운 하루하루. 이는 사실 술을 빚곤 하면 떠오
르는 말간 웃물에 지나지 않는지도 모른다. 그렇다 해도 지금 맞이
하는 순간순간을 눈에 아로새기며 소중히 지켜나가야 하지 않을까?

신학기의 반짝거림이
추억으로 변할 때

프리랜서가 되고서 가장 손해를 보는 기분이 들 때는 해가 바뀔 즈음이다.

학생과 회사원 시절을 거치며 어느 때보다 들뜨는 시기는 3월 졸업과 송별 시즌, 그리고 새로운 반이나 부서로 배치되기까지 성난 파도와도 같은 몇 주간일 것이다. 책상도 문구도 동료도 자동으로 싹 바뀌고, 날마다 쏟아지는 온갖 규칙과 새로운 인간관계에 이리저리 휩쓸리듯 익숙해지려고 안간힘을 쓴다. 밋밋하게 언제까지나 계속되는 나 홀로 작업을 하는 사람이 보기에는 너무나도 부러운, 이야기가 시작되기 안성맞춤인 분위기다! 그래서 문구점에서 새 출발을 응원하려고 꾸며놓은 코너를 보러 다니거나(요즘은 시키시色紙(와카和歌나 하이쿠俳句를 쓰도록 만들어진 정사각형의 두꺼운 종이.

최근에는 헤어지며 롤링 페이퍼를 쓸 때나 유명인이 사인할 때 많이 쓰인다—옮긴이) 코너가 무척 흥미롭다. 예전에는 단색 종이밖에 없었는데 최근에는 메시지를 쓸 공간이 미리 나뉘어 있기도 하고, 꽃 모양이나 나무 모양 등 훌륭한 디자인도 많아서 쓸 일이 없는데도 사고 싶어진다), 노래방에 가면 옆방에서 열창하는 졸업 노래에 귀를 기울이거나, 빳빳하게 다린 새 교복을 입고서 긴장한 얼굴로 근처 고등학교에 등교하는 소녀를 바라보는 것으로 소소하게라도 마음을 달래본다.

이 제목을 모르는 일본인은 아마도 없으리라. 쓰보이 사카에의 『스물네 개의 눈동자』. 이야기의 시작은 신학기의 두근거림과 희망으로 가득하고, 마치 봄 바다처럼 반짝반짝 빛난다. 쇼와 시대 초기, 세토나이카이(일본 혼슈 서부와 규슈, 시코쿠에 에워싸인 내해—옮긴이)에 면해 있는 작은 마을의 소학교에 오이시라는 젊은 여교사가 부임한다. 활발하고 열정이 넘치며, 주름 하나 가지 않은 빳빳한 흰색 블라우스를 입고, 그 무렵에는 흔치 않았던 자전거로 씩씩하게 다니는 그녀의 모습은 모두의 눈길을 끈다. 마을 어른들은 놀라워하며 그녀의 존재를 위협으로 느끼지만, 아이들에게 그녀는 새로운 세계의 상징이다.

오늘 처음으로 숫자 1부터 철저히 가르쳐야 하는 이 어린아이는 학교가 끝나면 곧바로 동생을 돌보고, 보리 찧기를 돕고, 그물을 치러 가야 한다.

오로지 일하는 것만이 살아가는 목적인, 이 가난하고 쓸쓸한 마을의 아이들과 어떻게 관계를 맺어갈지 생각하면 홀로 서 있는 소나무(마을의 상징이나 신앙의 대상이 되는 경우가 있다—옮긴이)를 바라보며 눈물짓던 감성이 부끄럽게만 느껴졌다. 오늘 처음으로 교단에 선 오이시 선생님에게, 오늘 처음으로 단체 생활을 하게 된 1학년 열두 명의 눈동자는 각기 개성으로 빛나며 더욱 깊은 인상을 남겼다.

이 눈동자를 어찌 탁하게 만들겠는가!

편견에 지지 말자고 마음을 다잡지만, 오이시 선생님은 학생들이 파놓은 구덩이에 빠져서 다리를 접질리고 만다. 고향 집으로 내려가 쉬고 있는데 열두 제자가 아쉬운 마음에 8킬로미터를 걸어서 찾아온다. 반성도 사과도 없이 그저 보고 싶다고 어슬렁어슬렁 찾아오다니 얼마나 어린아이다운가. 선생님을 발견한 순간 아이들의 들뜬 모습은 어찌나 사랑스러운지 오이시 선생님이 아니라도 절로 웃음이 번진다. 이날 마을의 명물인 소나무 앞에서 아이들과 오이시 선생님은 기념사진을 찍는다.

세월이 흘러서 오이시 선생님은 5학년이 된 제자들의 담임을 다시 맡는다. 하지만 이미 전쟁의 그림자가 드리워져 각자 희망하는 진로대로 살아가지는 못한다.

전쟁이 끝났지만 오이시 선생님은 남편과 아이를 잃었고 열두 제자 중 세 명은 전사, 한 명은 실명, 한 명은 병으로 죽고, 또 한 명은 행방불명이 된다.

> 모든 인간다움을 희생해서 사람들은 살았다. 그리고 죽어갔다. 놀라움에 휘둥그레진 눈은 좀처럼 감기지 않았고, 감으면 눈가를 타고 흘러 멈출 줄 모르는 눈물을 숨긴 채 무언가에 쫓기듯 살아온 나날이었다.

부드러운 문체 속에 작가의 강한 분노가 배어 있다. 가족뿐만 아니라 제자들마저 잃은 오이시 선생님의 슬픔이 읽는 이에게도 스며든다. 추억의 소나무 아래에서 살아남은 제자들과 과거를 회상하는 장면에서는 각각의 가슴속에 그 신학기의 반짝임이 한층 눈부시게 되살아난다.

언젠가는 추억이 되리라는 사실을 이미 알기에 신년도는 그토록 빛나고, 또 절절했는지도 모르겠다. 이 작품을 읽고 비로소 깨달은 사실이다.

● 쓰보이 사카에, 『스물네 개의 눈동자』, 박현석 옮김, 현인, 2018

원죄와
용서

바로 얼마 전에 너무너무 화나는 일이 있었다. 무슨 일이 있어도 상대를 용서하지 않으리라 마음먹었지만, 막상 얼굴을 맞대고 나니 에라, 모르겠다 싶어서 적당히 얼버무린 채 원래 관계로 돌아가고 있다.

혹시나 해서 하는 말이지만, 내 마음이 갑자기 넓어진 것은 아니다. 본능적인 자기방어였으리라. 환절기라 몸 상태가 좋지 않아 허리가 아팠고, 화를 내는 것에도 지쳤고, 나 자신도 주변 사람도 긴장시키고 싶지 않았다. 용서란 무엇보다 자신을 구하는 일임을 난생처음 몸소 깨달았다. 정말이지 분노와 원망의 에너지는 심신을 피폐하게 한다.

'나쁜 짓을 하면 자신에게 돌아온다', '남은 남이고 나는 나', '그렇게 말하고 싶은 사람은 그러라고

해.'…… 소녀 시절, 부모님이나 선생님에게 귀에 못이 박이도록 듣고서도 흘려버린 말이 요사이 유독 가슴에 박힌다. 적이 없는 어린 시절에는 딱히 와닿지 않았지만, 갖가지 실패를 반복해온 지금 와서 보니 역시 간단하면서 보편적인 처세술이다. 여고생 시절, 아침 예배 때 매일같이 들었던 '네 원수를 사랑하라'도 그중 하나다. 원수를 사랑하기란 너무 어렵다 쳐도, 상황이나 심정을 이해하면 편해지는 사람은 실은 나 자신이다. 상대에 대한 분노가 줄어든 만큼 마음의 용량이 늘기 때문인지도 모른다.

원죄와 용서에 관해 철저히 써낸 미우라 아야코의 『빙점』을 다시 읽으니 십 대 시절과는 전혀 다른 인상을 받았다. 너무도 유명한 이야기라 설명은 필요 없을지도 모르지만 간략하게만 소개하겠다. 인품이 훌륭한 의사 게이조와 아름다운 아내 나쓰에의 딸 루리코는 나쓰에가 젊은 의사 무라이와 설레는 시간을 보내는 잠깐 사이에 살해당한다. 나쓰에를 도저히 용서할 수 없었던 게이조는 범인의 딸을 입양하고 그 사실을 숨긴다. 나쓰에는 입양한 딸 요코를 정성스레 키운다. 그러나 아름답게 성장한 요코의 출생의 비밀을 안 순간, 다정한 엄마였던 나쓰에는 돌변한다. 요코를 루리코의 적으로서 괴롭힐 뿐만 아니라 여자로서도 경쟁한다.

소녀 시절에는 아무런 잘못도 없는데 구박만 받고 그래도 순수한 마음을 잃지 않는 요코에게 응원을 보내는 한편 이기적인 어른들을 증오했다. 하지만 삼십 대가 된 지금은 눈이 팽팽 돌도록 선악을 오가는 게이조와 나쓰에의 치밀한 심리 묘사에 빨려들었다.

　나쓰에는 결코 악인이 아니다. 그녀는 가족을 사랑했다. 뭐가 어찌 되었든 불륜을 저지르고 싶었다기보다는 그저 '사랑받고 싶었을' 뿐이다. 가급적 자신은 흠이 없는 채로 애정을 받으며 연애에서 가장 맛있다는 윗물만을 핥아먹길 원했다. 젊음과 이성에 대한 이 막연한 집착은 얼굴이 화끈거릴 정도로 천박하지만, 이해되는 부분도 있는 만큼 안타깝다.

　　나쓰에는 무라이에게 마음이 끌렸다. 하지만 지금 생각해보면 꼭 무라이여야 했던 것은 아니다. 다른 남자여도 좋았는지 모른다. 집 안에만 틀어박혀 지내는 나쓰에에게 남편 아닌 다른 남자는 새롭고 자극적이었을 것이다. 만약 다카키가 구애했다면 그래도 좋았으리라. 사소한 몸짓 하나로 남자의 정열을 불러일으키는 것이 재미있었는지도 모른다.

　한편 게이조는 이 모든 일의 원흉이긴 하지만 주변 사람의 마음을 모르는 것이 아니다. 그는 날마다 자신에게 채찍을 휘두르며 엄격히 자기분석을 한다.

　　(만약 타인이 나처럼 아내의 부정을 증오해서 요코를 아내에게 키우게 했다면 나는 그 남자를 매도했으리라. 애초에 나 자신이

하룻밤 바람을 피웠다 해도 결코 스스로를 미워하지는 않았으리라. 그런데 아내의 바람은 절대로 용서할 수가 없다. 대체 무슨 까닭일까. 다른 사람이 했을 때 나쁜 짓은 내가 해도 나쁠 텐데.)

다른 사람이라면 대답을 나쁘게 하거나 인사를 잘못해도 화가 나는 주제에 왜 나 자신이라면 용서할 수 있는 걸까. 게이조는 인간의 자기중심성에 놀랐다.

순진한 십 대 시절에는 모조리 뿌리치고 싶었던 부모님의 심정을 지금은 이해할 수 있을 것만 같다. 분명 나는 그 무렵보다 여러모로 때가 묻었다. 하지만 그만큼 '용서'의 소중함도 알게 된 듯하다.

● 미우라 아야코, 『빙점』, 최현 옮김, 범우사, 2004
● 미우라 아야코, 『빙점』, 최호 옮김, 홍신문화사, 2011

마음 가는 대로 싱싱하게 살기가
얼마나 어려운지

초록이 눈부신 계절에는 바깥을 거니는 일이 한없이 즐
겁다. 그리고 무언가 새로운 것을 배우고 싶은 마음이
불끈불끈 솟아오른다. 주변에는 아르헨티나 탱고를 시
작한 친구도 있고, 학교에 입학한 친구도 있다. 이래저
래 들뜬 분위기다. 사회생활을 막 시작했을 때는 나보
다 몇 배는 더 일하면서도 퇴근하고 무언가를 배우려
애쓰는 삼십 대 선배들을 보며 어쩌면 저렇게 힘이 넘
칠까, 고개를 갸웃거렸다. 지금은 알 것 같다. 새로운 배
움은 몸도 마음도 조금은 젊게 만든다. 선배들은 회사
를 뛰쳐나와 요리 교실이나 댄스 스쿨로 향하면서 직
장에서의 얼굴을 벗어던지고 생기 넘치는 소녀의 얼굴
로 돌아갔으리라. 하지만 회사원 시절을 돌아보면 나는
그들처럼 시간을 유용하게 쓰지 못했다. 끈기도 없어서

하는 일마다 작심삼일로 끝내기 일쑤였다. 일하는 중간중간 예습하거나 복습하거나 혹은 연습할 여력이, 구멍 숭숭 뚫린 듯 허술한 지금의 나에게 있기나 한 걸까?

제2차 세계대전이 끝난 후, 속옷이라면 흰색이 당연하던 일본에 가모이 요코는 색색의 참신한 디자인을 도입했다. (오사카 우메다 역에 있는 대형 쇼핑몰 한큐 3번가에는 그녀의 브랜드 '튜닉'이 있다. 나는 오사카에 놀러 갈 때마다 장난기 넘치는 파우치나 속옷을 사러 그곳을 찾곤 한다.) 작가로도 유명한 그녀가 플라멩코를 배우는 나날을 기록한 『오후의 댄서』는 마음이 절로 들뜨는 이런 묘사로 시작한다.

토요일 근무는 2시 반까지. 다음 날이 일요일이라고 생각하면 오후 햇살마저 더욱 여유롭고 나른하게 늘어진 느낌이다. 시간도 다른 양상을 띤다.

나는 2시 반 벨 소리가 울리자마자 가방과 연습복이 든 커다란 주머니를 들고 사무실을 서둘러 빠져나가 대각선으로 달린다. 대각선 건너편에 플라멩코 연습장이 있다.

사무실을 빠져나오자마자 나는 속옷 회사 사장이 아니라 격식을 버리고 편안한 여름 원피스를 입은 여자가 된다. 나는 댄서다. 마치 여학생처럼 몸이 가벼워진다. 어떤 미래가 기다리는지조차 알 수 없는 불안함으로 위험한 경사를 비틀거리며 벅차오르는 가슴을 안고 뛰어간다.

디자이너, 작가, 사장, 화가, 그리고 댄서까지. 가모이 요코에게는 다양한 얼굴이 있다. 취미도 많고 여행을 좋아한다. 이런 면을 보면 제법 자신감이 넘치고 활동적인 여성 같은데, 일정을 체계적으로 소화하는 유형은 아니었던 모양이다. 호기심이 이끄는 대로 둥실둥실 행동하는 그녀는 곧잘 실패하고, 연습이 생각처럼 순조롭지 않아 풀이 죽고 만다.

나는 외톨이여도 좋다. 누군가에게 무언가를 전하고, 강한 자신감을 지닌 채 모범을 보이며 살아가는 것이 가능할까?

아무것도 없다, 아무것도…….

가모이 요코의 이런 심정은 자학이라기보다는 진심으로 주변 사람을 동경하며 눈부시다고 생각하기에 자연스레 우러나는 낙담이다. 옆에서 보기에는 사소한 좌절 같다. 마치 소녀처럼 상처받고 고민하는 듯 보인다. 싱싱하고 보드라운 마음을 언제까지나 유지한다는 것은 그저 자신만만한 상태로 있어서는 안 된다는 말인지도 모른다. 밝은 에너지의 원천 같기만 한 그녀의 문장에서 이따금씩 몹시 여리고 애절한 부분을 발견하고는 깜짝 놀란다. 여행지에서 친구에게 마구 휘둘려서 분개하고, 몸이 상해서 당황하기도 한다. 그래도 그녀는 자신에겐 '날개'가 있으니 괜찮다며 밝게 매듭짓는다.

등에 돋은 날개는 이렇듯 나를 다양한 곳으로 놀러 갈 수 있게 해
준다.

(⋯)

날개는 마음껏 노는 데만 쓰는 거라 실상은 무용지물이다. 내가 떨어
져도 구해주지 못한다. 그래서 나는 늘 상한 날개에 침을 발라 잘 손
질하고 아낀다. 그리고 새로운 놀이를 위한 여행을 다시 이어간다.

탐구심과 흥미의 '날개'를 펼치고 마음 가는 대로, 결론과 의미 따
위는 추구하지 않고, 끙끙 앓는 것이 당연하다고 받아들이면 뭔가를
새로 배우는 건 두렵지 않으리라. 또 작심삼일이 될까 봐 겁먹지 말
고 나도 뭔가 새로운 것을 배워볼까.

다른 사람을 미워하지 않도록
마음을 지키다

할리우드 관광에 나섰다. 바싹 마른 온난한 기후에 자외선이 강해서 피부나 머리칼이 꽤 상했지만, 익숙해지고 나니 생각보다 지낼 만했다. 센물이 쑥쑥 몸속으로 들어간다. 사고思考마저 건조하고 합리적으로 변하고 있었다. 제작 현장을 보고 왔는데 일손도 땅도 넘쳐난다. 영화 한 편을 위해 마을 하나를 뚝딱 만들어내는 대담함이 좋았다. 어느 나라보다 규모가 크고 신나는 작품을 만들어내는 것은 바로 이런 환경과 자본 덕분이리라. 차이니즈 시어터Chinese Theater 앞에서는 우연히 모某 스타를 목격했다. 밑바닥에서부터 올라온 최고의 인기 여배우다. 어두운 과거는 이미 날려버린 듯, 실물로 본 그녀는 밝고 싹싹하고 아낌없이 베푸는 해바라기 같았다.

일본으로 돌아와 비행기에서 내린 순간, 현실로 내동댕이쳐지듯 몸이 무거웠다. 시야가 닫히고 콧구멍이 막힌 듯 숨을 쉬기 힘들어졌다. 일본의 높은 습도와 협소한 공간을 똑똑히 체감했다. 일본인은 다정하고 섬세한 만큼 차이에 민감해서 곧잘 자신을 남과 비교하고 실망한다. 단순한 사고방식이라고 할지 모르지만, 땅덩이의 크기와 기후가 끼치는 영향도 무시하지 못하리라.

가만히 있어도 우리는 커다란 흐름에 휘둘리기 일쑤다. 사람뿐만 아니라 책도 영화도 누군가의 비평을 듣고는 대충 알겠다 싶은 경우가 많다. 그 자리의 분위기에 휩쓸려 잘못 판단하는 일도 잦다. 내 눈으로 보고 느끼는 것의 소중함, 그리고 주변 분위기에 삼켜지지 않는 강인함을 가르쳐주는 작품이 바로 노미조 나오코의 『누마 고모』다.

이기적인 엄마 때문에 피아노를 배운 부잣집 딸 니오코는 어릴 때부터 친척인 누마 고모에 관해 나쁜 소문을 듣고 자라서 그녀에게 혐오감을 품고 있다(누마 고모가 왜 이토록 가족에게 미움을 받는지 마지막까지 그 이유를 알 수 없는 점이 이 이야기의 섬뜩함이기도 하다. 그냥 좋아해서는 안 되는 분위기다).

엄마가 이끄는 대로 오만하고 경쟁심 강한 아가씨로 자란 니오코는 훌륭한 집안으로 시집가지만, 전쟁이 끝나면서 남편에게 버림받고 아이와 함께 친정으로 돌아온다. 일족은 몰락하고, 남자는 사라지고, 의심에 가득 찬 여자들만 남은 가족들 앞에, 오랫동안 외국에 살던 누마 고모가 한 손으로 트렁크를 끌며 나타난다. 어릴 때부터 온갖 소문을 불러일으키며 별종 취급을 당했던 그녀이지만 지금은 가장 많은 유산을 가지고 있다. 하나같이 그녀의 트렁크에 눈빛을 반짝이는데…… 소녀처럼 부드러운 인상을 가진 그녀에게 두려움 없이 다가가는 것은 아이들뿐이다.

기괴한 소문에 휩싸인 누마 고모의 정체는 '평범하고 다정한 여자'였다. 잘못을 깨우친 고모 한 명이 드디어 입을 연다.

거보세요. 누구도 누마 고모를 이해하려 들지 않잖아요. 우리 멋대로 그리거나 다시 덧칠해버린 누마 고모 말고, 또 한 사람의 누마 고모 따위는 어찌 되든 언니들한테는 상관없죠? 그분의 진주 말고는요.

누구라도, 오늘날 우리 일본인 가운데 누구 한 사람이라도 날마다 편하게 숨 쉴 수 있는 사람이 있나요? 어른들은 남편을 잃어도, 아이를 잃어도, 형제자매를 잃어도 어찌 되었든 분을 바른 얼굴 위에 가면을 쓰고 위엄 있는 척을 해야만 하죠. 질식하는 것은 당연해요.

악인 한 명을 만듦으로써 분위기가 문제없이 돌아가고 질서가 정연해지는 상황. 나도 기억나는 바가 있어서 무섭기도 하고 충분히 납득도 간다. 전쟁 중의 분위기가 딱 그러했으며, 지금 일본의 폐색감閉塞感('꽉 막힌 느낌'이라는 뜻으로 일본 사회를 비유할 때 자주 나오는 관용적 표현—옮긴이) 그 자체인지도 모른다.

누군가를 증오하는 일 없이 나름의 방법으로 일족을 구하고 조용히 떠나는 누마 고모. 니오코에게 주어진 용서는 그녀의 꽁꽁 언 마음을 부드럽게 녹이리라. 남을 미워하지 않고 살기란 무척 어렵다. 하지만 되도록 미워하지 않으려고 마음을 다잡아야만 내 순수함이 확실히 지켜지지 않을까?

삼각관계에서
사랑의 균형 따위는 없다

"연애 많이 해서 남녀 간 진흙탕 싸움을 끝까지 경험
해봐!"

여성 작가이기에 이따금 듣는 말이다. 심지어 술 취
한 무서운 편집자에게 "여자 작가는 행복해지면 끝이
야"라는 말까지 들었다.

귀가 따갑기도 하고, 한편으로 '뭐야, 이건 일종의 정
신적 학대잖아'라는 생각에 솔직히 우울해진다. 평온한
일상을 유지하면서 명작을 탄생시키는 작가는 얼마든
지 있다. 또 애초에 그런 엄청난 큰일을 겪어야 한다면,
집에서 남편이랑 편의점에 새로 출시된 초콜릿이나 먹
으면서 옛 가도카와 영화(주식회사 가도카와영화角川映
画에서 1976년부터 제작한 일련의 영화를 통칭하는 말—
옮긴이) DVD나 보는 편이 훨씬 낫겠다. (〈아마짱〉부터

야쿠시마루 히로코의 아이돌 시절 작품에 빠져 있다.) 하지만 한편으로는 내 고민을 속속들이 드러내는 걸작을 읽고 나면 아아, 이래서 나는 안 되는구나, 싶어진다.

그야말로 그런 장르의 대표작인 『여름의 끝』에서 세토우치 자쿠초가 그려내는 것은 불륜의 아찔한 희열이 아니다. 이 작품은 사이좋게 지내던 남녀가 헤어지는 일이 얼마나 어려운가를 말한다.

염색 장인인 도모코는 남편 사야마를 배신하고 이혼했다. 지금은 처자식 딸린 인기 없는 작가인 신고와 연하남 료타 사이를 오가며 지낸다. 야무지고 옹골차고 경험이 풍부한 중년 남성과 젊고 한결같은 미남! 둘 모두에게 사랑받다니 최고로 부러워! 이렇게 흘러가지 않는 점이 이 이야기의 묘미다. 양다리나 불륜에 따라오기 마련인 '황홀함'은 별로 표현되지 않고, 남자들 입에서 마음을 살살 녹이는 말도 달달하게 나오지 않는다. 아무리 봐도 남자들은 믿음직스럽지 못하다. 열심히 이중생활을 유지하는 것은 도모코 혼자다. 도모코는 신고의 아내까지 신경을 쓴다. 그녀에 대한 죄책감이 지나친 나머지, 황당한 행동을 하기도 한다. 그런 대담한 행동을 하고 나서는 반드시 후회와 수치로 몸부림치며 뒹굴지만, 그래도 멈출 수 없다. 날마다 스스로에게 다짐하듯 남자와 인연을 끊자, 끊자 하지만 최악의 상황에 빠지고 마는 모습에는 동정심이 절로 인다. 운명의 상대와 만나는 것보다 이미 서로 몸의 일부가 된 상대와 헤어지는 것이 훨씬 어려운 법이다.

앞뒤 안 가리고 충동적인 도모코는 그 자그마한 몸속에 언제나 활력이 넘친다. 생명력이라고는 없는, 인간으로서 어딘지 부족해 보이는 남자를 만나면 무의식중에 그 남자의 어두운 구멍을 채워주고 싶어지고, 그 일에 활력을 쏟아붓는다. 도모코가 끌리거나 연애하는 상대는 일도 하려 들지 않고, 사그라들 듯한 운명에 함몰하여 무기력하게 떠다니는 패잔병이나 실패자뿐이었다. 그것은 도모코의 사랑이 숙명이라기보다도 사야마의 아내 자리를 내동댕이친 순간부터 도모코가 짊어져야 할 십자가였는지도 모른다.

위태로운 균형으로 유지되던 삼각관계는 결국 파탄이 난다. 그럴 때 비난받는 것은 반드시 여자다. 연하남 료타에게까지 "당신들처럼 불결하고 비겁한 관계도 없을 거야"라고 매도당한다.

아무리 좋게 보려 해도 자신의 여자 생명은 이미 영락의 계절에 발을 들였다고밖에 생각할 수 없었다. 이렇게 추한 모습 속에 여섯 살 어린 료타를 매혹할 만한 무엇이 있었던 걸까.

자조를 담아, 도모코는 이가 빠진 얼굴을 상상하며 볼을 빨아들여 히히, 하고 웃고 말았다.

그러고는 천천히 일어나 더는 올 일이 없는 방을 휘둘러보고 문을 열었다.

도모코는 자신의 추한 모습에서 도망치지 않는다. 가장 더러운 부분을 억지로 벌려서 기꺼이 밑바닥을 마주한다. 자신을 전혀 미화하지 않는 모습이 우직해 보이기까지 한다. 자신의 이런 면을 본다면 죽도록 견디기 힘들 그런 장면까지도 그녀는 온몸으로 직시한다.

여성 작가가 연애해야 한다는 말을 자주 듣는 이유는 연애가 마음을 심하게 소진시키기 때문이리라. 즉 평소에 온갖 감정을 경험하고 새겨둬야 한다는 말이겠지. 도모코만큼의 각오는 없지만, 나도 내 마음의 작은 움직임과 비겁함에서 눈을 돌리지 않고, 또 미화하지 않으며 살고자 한다.

거짓말이 통하지 않는 소녀들의
가차 없는 세계

〈겨울왕국〉과 〈추억의 마니〉…… 두 소녀의 우정을 그
린 이야기가 화제다. 뻔뻔하다는 건 백번 알지만, 나는
등단한 이래로 그런 느낌의 작품만 쓰고 있다. 아니 그
런 작품밖에는 못 쓴다. '소녀 시절이 인생에서 가장 즐
거웠나요?'라는 질문을 자주 받는데 그런 것도 아니다.

어른이 되기 직전인 소녀들의 관계에는 출구도 미래
도 보이지 않는다. 일단 자유롭게 살 만한 돈이 없으니
여가 생활이나 술로 적당히 즐기며 살기란 불가능하다.
그때그때 감정에 따라 관계성이 결정되므로 거짓말이
전혀 통하지 않는다. 따라서 서글픈 결과를 종종 낳으
며 지치기도 하지만, 손익을 따지지 않고 서로의 미의
식이나 성실함을 끝까지 파고들 수 있는 귀중한 시간이
다. 팽팽하게 긴장해서 당장이라도 끊어질 듯한 진지한

분위기, 굳이 말하자면 그 '여유 없음'에 나는 무한정 이끌리는 것이리라.

꽃에 비유한 단편소설 쉰두 편으로 이루어진 『꽃 이야기』는 '소녀 소설계의 신' 요시야 노부코를 일약 인기 작가 반열에 올린 작품으로 유명하다. 기숙사를 주요 무대로 아름다운 소녀들의 정열적인 우정이 꽃향기에 숨이 막힐 듯한 문체로 그려진다. 그런 꽃밭에서도 소녀들은 친구 관계를 유지하려 애쓰거나 갈 곳 잃은 마음을 폭발시키려 하는데, 그 모습은 역시 여유라고는 없어 꼴사나울 만큼 필사적이다. 더욱이 요시야 노부코는 원래부터 흠잡을 데 없는 소녀만 편드는 것이 아니라 외모에 자신 없거나 별 볼일 없는 소녀에게서도 반짝임을 찾아낸다. 가히 신이라 할 만하다.

> 마스미의 외모는 결코 예쁘다고 할 수 없지만 그 얼굴이나 자태에는 그녀가 가진 모든 것이 뚜렷이 드러났다.
>
> (…)
>
> 이제 마스미는 단순히 아름다우냐, 그렇지 않느냐의 문제를 훌쩍 뛰어넘어 훌륭하게 살아가는 소녀다.

동경하는 반 친구에게 외면당한, 눈에 띄지 않는 소녀가 어느 순간 자존심을 문득 발견하고 꽃피우기도 한다. 자기 발로 서는 소녀를 요시야 노부코는 어디까지나 따뜻하게 품어준다.

그때였습니다. 사람들의 발에 짓밟히는 좁은 산길 근처 풀숲에서 문득 연보랏빛 작은 꽃 한 무리가 눈에 들어왔습니다. 땅에 낮게 엎드려 피는 그 꽃들의 슬픔이 전해졌습니다. 사람들의 눈에 띄지도 않고, 장난질에 한껏 짓밟히기만 할 뿐이니까요. 하지만 꽃은 아름답게, 깊은 산길에 드리운 가을을 장식할 수 있는 그 행운을 진심으로 감사한다는 듯 애처롭게 피어 있는 거죠. 눈길이 꽃들 위로 향하는 순간, 내 분노도 슬픔도 부끄러움도 이상하게도 **홀연히** 사라졌습니다. (⋯) 나는 그 한 무리의 들꽃에게서 내 마음으로 가는 길을 발견하고, 그것을 통해 신에게 한발 가까워진 것이 아닐까요. 나는 새로운 용기와 믿음을 품고서 옛길을 가로질러 원래 함께 있던 친구들 무리 속으로 다시 돌아갔습니다.

당시 여학생들의 마음을 사로잡을 만하다. 많은 결말이 낭만적일 정도로 비극적이다. 죽음으로 이별하는 결말도 많지만, 자연스럽게 커진 우정의 끝이 유독 사실적이라 가슴이 아프다. 여고생 시절에는 빛났던 전설의 선배가 결혼으로 그 빛을 잃는다거나, 오랜만에 친한 친구를 만났는데 예전같이 친밀한 분위기는 온데간데 없어졌더라는, 누구나 경험했을 법한 소녀 시절의 끝이 선명하게 그려져 있다.

아아, 아무것도 몰랐다. 옛꿈 같은 소녀 시절이 영원히 지속되리라 믿고서 덧없는 소망을 지닌 채 나는 바로 오늘까지도 처량하게 다미코를 연모하며 동경했다. 그러나 이제 다미코의 가슴속에는 나에 대한 우정 따위는 너무도 희미해졌다. 그것이 인생이라는 것의 진실인지도 모른다. 방금 전까지 레이코가 무심결에 품고 있었던, 다미코와 나눈 소녀들의 아름다운 우정이 발하는 빛도 힘도 그 순간 땅에 떨어져 보란 듯이 산산조각 난 것이다!

어느 틈엔가 인간관계에 유독 영리해졌다. 물러날 때를 잘 알게 됐고, 상대를 몰아붙이지 않는 언어를 고르거나 유리한 분위기의 가게를 선택하는 데 능한 어른이 되었다. 내가 소녀 소설을 즐겨 쓰는 것은 어쩐지 그런 나를 따끔하게 혼내고 싶어서인지도 모른다.

남편보다 하루라도
더 오래 사는 길밖에

『오니자카(女坂)』엔치 후미코円地文子, 1905~1986

올여름, 서른셋이 되었다. 그런데 최근에 몇 가지 일을 겪으면서 아무래도 내가 나이에 비해 속은 터무니없이 어리다는 사실을 겨우 깨달았다. 시험 삼아 인터넷에서 정신연령을 진단받았더니 '열두 살'이 나왔다. 열두 살…… 또래의 자식이 있어도 전혀 이상하지 않을 나이다. 그러니까 나는 인생의 반 정도는 잠든 채 지냈다고 해도 과언이 아니다. 여름방학 막바지에 숙제가 많이 남았다는 사실을 깨닫고 핏기가 싹 가시는 듯한 기분이다.

나의 어느 부분이 어린애 같은지, 두근두근한 마음으로 가족과 친구들에게 물었다. 내 행동을 지적하기보다는 '생각이 얼굴에 드러난다', '감정이 줄줄 샌다'라고들 한다. 그러고 보면 옛날부터 가까스로 지루함을 참고 있으면 '지금 지루해죽겠지?' 하고 지적받는 일이 꽤 많았다. 이 결점만큼은 '원래 이런 성격이라서'라며 뻔뻔해질 수가 없다. 세상은 끊임없이 '자신을 있는 그대로 보여주면서 거짓말을 하지 말고 마음을 열자'라고 외치지만, 누구라도 속에서는 다양한 감정이 소용돌이치고 있을 것이다. '얼굴에 티가 안 난다는' 사람은 감정이 없는 냉혈한이 아니라, 아마도 '주위를 배려하느라 내색하지 않는' 자제심과 객관성으로 자신을 절제하고 있는지도 모른다. 나는 역시 수도꼭지가 고장 나서 이런저런 민폐를 끼치고 있나 보다.

출세 가도를 맹렬히 달려가는 지방 관리 시라카와의 아내 도모는 남편이 명령하는 대로 남편의 애인으로 삼을 만한 아가씨를 찾으러 도쿄의 게이샤 거리에 간다. 엔치 후미코의 『온나자카』(신사나 절에 이르는 두 갈래 언덕길 중에서 경사가 완만한 쪽을 가리키는 말. 경사가 급한 길은 '오토코자카男坂'라고 한다―옮긴이)는 이렇게 처음부터 터무니없는 장면으로 시작하지만, 도모의 고통은 아직 시작되지도 않았다. 시라카와라는 작자는 애인을 집에 들일 뿐만 아니라 하녀나 며느리까지 집적댄다. 정말이지 그 작자의 잘못이 너무 많아서 어디부터 지적해야 할지 모르겠다! (하지만 남편의 입장에서 손때 묻지 않은 미소녀를 찾아야 하는 도모의 시선에는 도덕에 어긋난 에로스가 서려 있는 것도 사실이라 이 대목을 읽는 재미가 있다!) 그러나 도모는 절대로 질투나 슬픔을 겉으로 드러내지 않는다. 도모는 감정을 내보이지 않는 완벽주의자라서 사랑받기 힘들다. 도모가 마음을 허락하거나 그녀의 심정을 헤아려주는 인물은 한 명도 등장하지 않는다.

도모의 소망은 그저 아무 일 없이 살다가, 죽도록 증오하는 남편보다 자신이 하루라도 더 오래 사는 것뿐이다. 여성이 자립하는 수단이 한정되어 있고 집을 지키는 것이 당연했던 메이지 시대 초기, 그것은 한 여인이 남편에게 할 수 있는 최선의 반발이자 자존심을 건 투쟁이었다.

　　눈 속에서 도모는 몇 번씩 발걸음을 멈추고 깊은 숨을 내쉬었다. 우산을 든 손은 얼어붙어 무겁고, 한 발 한 발 빼내듯 언덕을 걷는 것이 너무 힘들었다. 멈출 때마다 눈앞에는 살림집, 채소 가게, 초물전 따위의 성냥갑 같은 집이 즐비했다. 집들을 비추는 살구색 전등 빛은 무한히 밝았다. 반찬 냄새는 형언할 수 없이 진한 따뜻함을 코끝에 실어 와서는 도모의 마음을 흔들었다. 집들의 좁은 방에 매달린 촉 낮은 전구 아래에 행복이, 작지만 조화롭고 사랑스러운 행복이 있으리라고 도모는 생각했다. 소소한 행복, 조촐한 조화. 결국 인간이 온 힘과 정성을 다해 부르고, 미치고, 울부짖으며 구하는 것은 그 이상의 것일까?

　노인이 된 도모는 인생을 뒤돌아보면서 '말하자면 거짓된 삶'이었다고 자기비판을 한다. 그럴 수밖에 없었는데, 그건 절대 도모 탓이 아닌데……. 마지막의 마지막까지 그녀는 집이나 남편으로부터 해방되어 한 여성으로서 영원한 자유를 얻고자 했다. 유언으로 그녀는 이렇게 주절거려 주변 사람을 깜짝 놀라게 한다.

바다에 내 몸을. 풍덩 내던져주세요…… 풍덩.

도모가 살았던 시대보다 자유로워졌다고는 하나, 감정을 억누르며 살아갈 수밖에 없는 이들은 지금도 여전히 있다. 이제껏 깨닫지 못했을 뿐 내 주위에도 많겠지. 분명 신호를 보내고 있으리라. 정신 연령은 어린아이 수준인 나이지만 주변 사람들의 마음에 진 주름을 조금이라도 알아차릴 수 있는 사람이 되고 싶다.

●엔치 후미코, 『여자 언덕』, 권미경 옮김, 케포이북스, 2012

English Literature

세상에
아부하는
꼴은 보고
싶지 않아

18세기에 탄생한
원조 로맨틱 코미디

나는 전형적인 로맨틱 코미디가 정말 좋다. 지기 싫어하는 성격에 어딘지 어설픈 여주인공과 눈만 마주치면 티격태격하는 얄미운 그 녀석이 등장하는. 하지만 사실은 누구보다도 여주인공을 마음에 담고 있던 그가 던지는 예상치 못한 고백! 좀처럼 솔직해지지 못하기에 사랑의 향방은 엎치락뒤치락. 하지만 마지막에는 누구나 박수를 보내는 해피엔드. 백만 번은 본 듯한 내용인데도 또다시 같은 전개를 바라는 것은 왜일까. 착지점이 너무도 뻔한 '서로 좋아서 추는 난리 블루스', 인기 없는 여주인공을 무조건 긍정하는 사랑의 '꿀'이 사실 우리한테는 본능적으로 필요한 게 아닐까?

그런 의미에서 『오만과 편견』은 로맨틱 코미디의 원형이라 하겠다. 18세기에 태어난 작품이라고는 믿어지지 않는다. 평생을 조용한 전원에서 살았던 제인 오스틴은 많은 작품을 쓰지는 않았지만 인간의 본질을 잘 알고 있었던 것 같다.

엘리자베스는 가난한 베넷 가문의 다섯 자매 중 둘째 딸이다. 약간은 건방지고 말솜씨가 좋으며 사람에 따라서는 '미인이 아니라고' 할 수도 있는, 개성 넘치는 아가씨다. 부친은 딸들의 힘이 되어주지 못하고, 모친은 딸들을 좋은 가문에 시집보내서 한 방에 인생을 역전할 궁리만 하는 사람이다. 친구 샬럿은 엘리자베스가 차버린 남자 콜린스와 결혼하기로 하는데, 그렇게 결정하기까지의 심정에는 그 시절의 보편적인 결혼관이 나타나 있다.

> 그녀의 감상은 대체로 흡족하다는 것이었다. 그러고 보면 그는 똑똑하지도 않고, 매력적인 남자도 아니다. 같이 있으면 지긋지긋하다. 자신에 대한 애정도 그의 상상 속에나 있는 것임에 틀림없다. 그래도 역시 그는 내 남편이 될 것이다. 남자나 부부 같은 것에 대해 그다지 깊이 생각하지 않았으면서도 결국 목표는 늘 결혼이었다. 수준 높은 교육을 받았지만 재산은 적은 젊은 아가씨에게 결혼이란 유일하게 명예로운 대책이었고, 행복을 안겨줄지 불확실하다고 할지라도 가난에서 그녀를 빼내줄 가장 쉬운 길이었다. 이 길을 나는 지금 겨우 손에 넣었다.

이런 시대에 이성에게 교태를 부리지 않고 가족을 위해 바빠 사느라 자신은 뒷전인 엘리자베스는 무조건 호감이 가는 캐릭터가 아닐까? 엘리자베스는 가장 좋아하는 언니인 제인과 빙리를 맺어주려고 애쓰는데 눈엣가시가 있다. 왠지 모르지만 훼방을 놓는 빙리의 친구, 평판도 좋지 않고 냉소적이며 돈 많은 남자 다아시다. 그런 그에게 갑자기 사랑 고백을 받자 엘리자베스는 펄펄 뛰며 거절한다. 하지만 한편으로는 내심 기쁜 마음을 감추지 못한다. 엘리자베스가 이렇게 순진한 아가씨다.

> 그녀의 마음은 너무도 심하게 흔들렸고, 이제는 애처로울 지경이었다. 몸을 제대로 가눌 수도 없어서 온몸에서 기운이 다 빠져나간 채로 앉아서 삼십 분쯤 울었다. 방금 일어난 일을 돌이켜볼수록 놀라움이 커졌다. 다아시 씨에게 청혼을 받다니! 지난 몇 달간 나를 사랑했다니! (…) 자신도 모르는 사이에 남자에게 그토록 강렬한 애정을 불러일으켰다고 생각하니 내심 좋기는 했다.

엘리자베스에게 심한 폭언을 듣고도 다아시는 구애를 멈추지 않는다. 뜨거운 마음을 담은 편지를 보내고, 말솜씨가 없어서 오해받기 쉬웠던 언행을 고치고, 베넷 집안을 위해 물심양면으로 힘쓴다. 그리고 사실은 모든 것이 엘리자베스의 오해였음이 서서히 밝혀진다. 차갑기만 한 원수에서 이상적인 연인으로 바뀌어가는 다아시는 독자의 기대에 부응하면서도 계속 예상을 뛰어넘는다. 마치 달콤한 파르페를 먹는 듯 황홀경에 빠진다. 서로 맞지 않네, 가슴이 뛰지 않네 같은 소리나 하고 앉았을 수 없는 시대, 즉 결혼이 곧 비즈니스인 시대였기에 그가 엘리자베스를 좋아하게 된 이유는 그야말로 가슴에 확 날아와 박힌다.

당신 마음이 생기 넘치기 때문이죠.

자신을 있는 그대로 받아들여주는 다아시 덕분에 엘리자베스는 최고의 행복을 손에 넣는다. 이는 로맨틱 코미디의 전형적인 전개라 할 수 있다. 지금 왜 이 18세기 문학작품을 기본 중 기본이라고 말할까? 어떤 시대든, 또 어떤 인간이든 여자가 자신을 굽히고 세상에 아부하는 꼴은 보고 싶지 않기 때문인지도 모른다.

● 제인 오스틴, 『오만과 편견』, 윤지관·전승희 옮김, 민음사, 2003
● 제인 오스틴, 『오만과 편견』, 김정아 옮김, 펭귄클래식코리아, 2009
● 제인 오스틴, 『오만과 편견』, 원유경 옮김, 열린책들, 2010
● 제인 오스틴, 『오만과 편견』, 조선정 옮김, 을유문화사, 2013
● 제인 오스틴, 『오만과 편견』, 고정아 옮김, 시공사, 2016
● 제인 오스틴, 『오만과 편견』, 류경희 옮김, 문학동네, 2017

없어도 사는 데 지장은 없지만
인생의 맛은 사라지는

신간 홍보를 위해 이 도시 저 도시를 순회하며 사인회를 열고 강연을 하는 나날이 이어졌다. 이렇게 불러주시는 건 정말 감사하다. 하지만 나는 글로 쓰기보다 말로 하기를 더 잘하는 가벼운 사람인지라 제대로 된 '작가로서의 의견'을 구해오면 퍽 난감하다. 특히 '독서를 통해 구체적으로 무엇을 얻을 수 있나요?', '집필은 재미있나요?' 같은 질문이 어렵다. 책 읽는 것은 좋아하지만, 책에서 무엇을 얻었을까 생각해보면 풍요로운 시간이라든가 시선이 달라졌다든가 하는, 귀중하지만 눈에 보이지 않는 것뿐이다. 작가라는 직업뿐만 아니라 생업이 즐겁다고 생각한 적은 지금껏 거의 없다. "책 읽는 걸 좋아하지만, 그렇다고 인격이 훌륭해진 건 아니에요." "어릴 때부터 이야기를 지어내는 걸 좋아했어요. 그래도 역시 직업이 되면 일은 일이에요. 하지만 눈물이 날 만큼 괴로운 건 아니고, 아침에 일어나서 무거운 발걸음으로 회사에 나가는 기분과 비슷하달까요." 이런 대답으로 독자들을 실망시키는 일도 잦다. 무슨 대답을 원하는지 대충 감이 오는 만큼 내가 비뚤어진 인간 같기도 하고, 사람들의 기대에 못 미치는 듯해서 죄송스럽기도 하다.

서머싯 몸의 『과자와 맥주』는 화자인 작가 윌리가 현재와 과거를 오가면서, 역시 작가인 드리필드가 과거에 사랑했던 아내 로지의 진짜 얼굴을 파헤치는 이야기다.

무명 시절, 드리필드 곁에서 그를 지탱해준 여급 출신의 로지는 태양처럼 빛나는 풍만한 미인이다. 남자 관계가 복잡한 것이 흠이지만 서비스 정신이 투철하며 매사에 쾌활하다. '남에게 이렇게 보이고 싶다'는 욕구가 전혀 없고, 무슨 일을 하든 이해타산과는 동떨어져 있다. 남편 아닌 남자와 하는 연애도 당연하고, 선물도 약삭빠르게 받아 챙기지만, 태연자약 즐길 뿐 켕기는 것도 전혀 없다. 이토록 순진무구한 매력은 보수적인 하녀 메리마저 인정할 정도다.

> 뭐 잘 생각해보면 로지가 다른 여자보다 특별히 나쁘다고 할 수 없지 않을까요? 그저 남들보다 유혹을 많이 받았을 뿐이죠. 로지를 비난하는 여자도 만약 자기가 그만큼 유혹받을 기회가 많았다면 똑같이 행동했을지도 모르죠.

그 시절의 문단에서는 가슴속에 있는 것을 솔직히 표현하기보다는 대중이 바라는 작가 이미지에 맞춰가는 것이 출세로 가는 가장 빠른 지름길이었다. 이런 풍조에 숨 막혀 하던 젊은 윌리는 다른 남자들처럼 로지의 자유로움에 이끌려 사랑을 한다. 로지가 지닌 매력은, 없어도 살아갈 수는 있지만 막상 없으면 인생의 맛이 떨어지는 '과자와 맥주' 그 자체다.

로지는 나를 무척 행복하게 해줬다. 나는 그녀를 깊이 사랑했다. 함께 있으면 마음이 편했다. 그녀의 안정된 정서가 함께 있는 이에게 고스란히 전해졌다. 나는 흘러가는 순간순간을 즐기는 그녀와 같은 기분을 느꼈다.

로지는 활짝 웃었다. 다정하고 아름다운, 오직 그녀만이 보일 수 있는 미소를 묘사할 능력이 나에게 있다면 얼마나 좋을까. 그녀는 목소리도 이루 말할 수 없을 만큼 다정했다.

"왜 다른 사람 일로 골치를 썩어요? 당신은 불편할 일이 없잖아요? 내가 당신을 기쁘게 해주잖아요? 나랑 있어서 행복하지 않아요?"

"엄청 행복해."

"그럼 됐잖아요. 안달복달하고 질투하는 건 어리석은 짓이에요. 지금 있는 것으로 만족하면 돼요. 즐길 수 있을 때 즐겨요. 어차피 백년만 지나도 모두 죽고 없을 텐데 뭐가 문제예요? 즐길 수 있을 때

마음껏 즐겨요, 우리."

이야기의 막바지에 노부인이 된 로지가 다시 모습을 드러낸다. 권위와는 인연이 없지만, 나이 든 그녀는 아직도 젊은 시절과 다름없이 사랑스러운 모습으로 이성을 매료하며 별 괴로움 없이 하루하루가 행복하다. 그런 그녀의 눈에는 죽은 드리필드와 그의 측근들이 아무리 높은 곳에 있다 해도 왠지 허무하고 인생의 참맛을 모르는 이들처럼 보였다. '무엇을 얻느냐'보다 훨씬 더 중요한 것은 '어떻게 살아가고 무엇을 보느냐'다. 또 월리가 말하듯, 온갖 감정은 작가에게 이야기의 씨앗이 된다. 그러니 눈앞에 보이는 맛있는 음식에 매혹되어 둔감해져서는 안 된다.

아니, 작가뿐만 아니라 누구에게나 무의미한 경험이란 애초에 단 하나도 없으리라. 이 소설에 나오는, 문단에서 출세하는 규칙에 헉, 하고 놀라기는 하지만 역시 읽을 때마다 나도 로지처럼 천하태평으로 살고 싶어진다.

● 서머싯 몸, 『달과 6펜스/과자와 맥주』, 이철범 옮김, 동서문화사, 2017

오래된 저택의 마력에
사로잡히는 인간 드라마

〈다운튼 애비〉는 20세기 초 영국의 귀족 저택을 무대로
하인과 귀족의 양쪽 시점에서 그려진 애증 드라마다.
2014년 봄 NHK에서 시즌2가 처음 방송되던 날, 〈다운
튼 애비〉를 좋아하는 친구들과 시즌1을 돌려보며 영국
식 티파티를 열었다. 오이 샌드위치, 스콘, 비스킷, 빅토
리아 케이크(내가 맡았다)를 준비했다.

내가 〈다운튼 애비〉를 좋아하는 까닭은 영국 문학에
서 약속처럼 등장하는 광경이 드라마 여기저기에 나오
기 때문이다. 가령 하인 베이츠와 하녀 안나의 과거에
묶인 사랑은 『제인 에어』나 대프니 듀 모리에의 『레베
카』를 방불케 하고, 자존심 센 장녀의 결혼을 두고 벌어
지는 소동은 『오만과 편견』을 비롯한 제인 오스틴 작품
그대로이며, 세계대전이 시작되고 셋째 딸이 간호사를

지망하니 이언 매큐언의 『속죄』가 떠오르기도 한다. 뭐니 뭐니 해도 복잡한 스토리를 가진 〈다운튼 애비〉의 무대장치로서 완벽한 저택 (실재하는 하이클레어 성)에 빠져들고 만다.

평소 내 눈에 띄는 거대 건축물은 우리 동네에 있는 반짝반짝한 역사驛숨이다. 천장까지 뻥 뚫린 널찍한 공간을 폭 넓은 계단이 관통하고, 자연광을 충분히 받아 구석구석까지 모든 곳이 밝고 훤하다. 엿듣기나 비밀스러운 모험에는 어울리지 않고, 책략이나 슬픈 과거 따위도 파고들 여지가 없다. 그러나 전원이나 숲에 둘러싸인 오래된 저택은 다락방도 있고 지하실이나 조리실 같은 하인 구역과 귀족 구역이 확실히 나뉘어 깊은 음영을 자아낸다. 대대로 이어져 내려온 그림이나 골동품이 곳곳에 넘치고, 비밀의 문도 있을 법하다. 그런 공간에 살면 가슴속에 잠들어 있던 감정이 분출되어 소용돌이치며 주변을 끌어들여 이야기를 그려낼 수 있을 것만 같다. 이렇게 설레는 사람은 나뿐일까?

헨리 제임스의 『나사의 회전』은 그 무대가 저택이라는 점도, 시골이라는 점도 〈다운튼 애비〉와 비슷하다. 다양한 읽기와 해석이 가능하기에 장르를 나누기가 조금 어려운 명작이다. 심리소설이기도 하고, 미스터리이기도 하며, 꽤 무서운 괴담이기도 하다. 화자는 부모를 잃은 어린 남매 마일스와 플로라를 보살피러 낡은 저택에 들어오는 젊은 가정교사다. 그녀를 고용한 남매의 젊은 백부는 성가신 일을 싫어해서 아무것도 의논하지 말라며 모든 책임을 포기한다. 아무래도 '그녀'는 이 남자를 사랑하는 듯하다. 결벽증에 곧잘 흥분하는 여주인공의 본성과 성격을 제대로 파악하기 어렵다. 그녀가 '신뢰할 수 없는 화자'라는 점 때문에 독자들은 출렁이는 구름다리를 건너는 기분에 사로잡힌다.

저택에 오고 얼마 뒤 그녀는 불길한 그림자를 보지만, 다른 하인은 아무도 눈치채지 못한다. 남매도 그림자를 보는 듯하지만 그녀 앞에서는 시치미를 떼고 있다. 옛날에 이 저택에서 죽은 자의 유령인 듯하다. 왜 남매는 보이지 않는 척을 하는 걸까. 혹시 모든 게 나만의 환각인가? 단순한 유령이 아니라 더욱 섬뜩한 현실의 존재는 아닐까? 남매가 유령에게 지배받는 것은 아닐까? 어디 하나 나무랄 데 없는 소년 마일스는 왜 퇴학당한 것일까? 언제나 킥킥거리며 저택을 뛰어다니는 남매의 뒤를 따라다니는 것만으로 여주인공은 점점 사악한 세계로 휘말린다. 이는 아무리 시간이 지나도 정체를 알 수 없는 낡은 저택이 지닌 마력이기도 하다.

블라이 저택에는 빈방이 많아서 그중에 가장 적당한 방을 고르기만 하면 되었다. 내가 적당하다고 생각한 방은 지하에 있었는데—정원보다는 훨씬 높았지만—언젠가 내가 고탑高塔이라고 했던 그 견고한 건물 한 귀퉁이에 있었다. 널찍한 사각형 방으로, 훌륭한 침실 가구가 마련되어 있었지만 터무니없이 넓어서 불편했다. 그 때문에 그로스 부인이 언제나 침실을 정돈해두는데도 몇 년이고 비어 있었다.

나는 이 훌륭한 침실에 자주 경탄해온 터라 그 구조를 잘 알고 있었다. 아무도 쓰지 않는 방이라 처음에는 선득한 어둠에 살짝 겁났지만, 나는 곧장 방을 가로질러 최대한 조용히 덧창의 빗장을 열었다. 그리고 소리를 내지 않고 가만히 블라인드를 올려 얼굴을 유리창에 가져다 댔다.

창밖은 안보다 훨씬 밝았고, 나는 딱 알맞은 각도로 내려다보고 있었기에 바깥이 잘 보였다. 그렇게 더 많은 것을 보게 되었다.

모든 것이 가시화되고 비밀은 밝혀져야 한다고 여기는 현대에는 이제 이런 공포나 이야기가 탄생하지 않을 것 같다. 그렇기에 나는 아름다움과 섬뜩함을 품은 채 시간을 새겨나가는 생물 같은 귀족 저택에 사로잡히는지도 모른다.

● 헨리 제임스, 『나사의 회전』, 최경도 옮김, 민음사, 2005
● 헨리 제임스, 『나사의 회전』, 정상준 옮김, 시공사, 2010
● 헨리 제임스, 『나사의 회전』, 이승은 옮김, 열린책들, 2011

그들의 비극은
천성의 문제

새해 첫 참배는 후쿠오카 현에 있는 무나카타타이샤 신사에서 했다. 시줏돈을 던지고, 합장을 하고, 가족과 친구들의 건강을 빌었다. 그러면서 올해야말로 무슨 일에도 흔들리지 않고, 의연하고 참을성 있는 사람이 되게 해달라고 진심으로 간절히 기원했다.

그런데 신사 앞에서 지역 명물인 쭉쭉 늘어나는 따끈따끈한 떡을 먹으며 내 포부가 지난해와 하나도 달라지지 않았음을 깨달았다. 작년은커녕 재작년에도, 아니 더 예전부터 나는 같은 소원을 해마다 빌어왔다. 산들바람 같은 여자가 되겠다고 자기계발서를 여러 권 사서 실천하다가는 이내 좌절하고, '아니, 이대로는 포기 못해' 하며 다시 다짐하는 한 해를 변함없이 보낸다. 이윽고 이는 결국 '천성'임을 깨닫기 시작했지만, 내년에도 아마 똑같은 것을 기원하게 될 듯하다.

'천성'은 아무리 노력해도 바꿀 수 없달까, 도무지 벗어날 수가 없다. 서른을 넘기니 더더욱 그렇다. 에밀리 브론테의『폭풍의 언덕』을 처음 읽었던 중학생 때, 이 작품이 나온 당시의 수많은 독자가 그랬듯 나 역시 아무래도 불쾌하고 받아들이기 어려웠다. 별난 소녀가 역경에 굴하지 않고 자신을 지켜나가는, 언니 샬럿 브론테의『제인 에어』를 읽고 감격한 직후였던 만큼 이유 없이 화가 났다.『폭풍의 언덕』을 호되게 깎아내리는 감상문을 써서 선생님에게 주의를 받은 기억이 있다. 같은 장소에서 서로 으르렁거리는 등장인물들(나오는 인물마다 감정에 치우쳐서 할 말을 다 한다. 대화에 이렇게 '!'를 많이 쓰는 작품도 또 없을 것이다)을 도저히 좋아할 수 없었고, 배경이 되는 저택은 말끔히 청소되지 않은 느낌이었다.

하지만 지금은 이해한다. 연애소설의 걸작『폭풍의 언덕』은 성장이나 변화와는 무관한 '천성'에 관한 이야기인 것이다. 죽을 만큼 집념이 강한 히스클리프의 천성과 제멋대로 여왕인 캐서린의 천성이 맞부딪치는 데에서 생겨나는, 삼 대에 걸친 비극의 대하드라마. 천성 문제이므로 독자가 상식의 잣대를 들이대고 이러쿵저러쿵하는 것이 애초에 난센스다. 다시 읽으니, 원한을 원동력으로 삼아 극단에서 극단으로 치닫는 히스클리프에게서 이상한 희열과 안타까움이 동시에 느껴져 꽤 당황했다.

영국 시골 '폭풍의 언덕'에 있는 저택, 워더링 하이츠에 히스클리프라는 꾀죄죄한 소년이 주인의 손에 이끌려 들어온다. 지기 싫어하는 외동딸 캐서린과 히스클리프 사이에는 만난 순간부터 묘한 인연이 생겨난다. 히스클리프는 캐서린과 함께하기를 꿈꾸며 주변의 괴롭힘을 견뎌낸다. 그러나 캐서린이 반쯤은 허영심에서 돈 많은 에드거와 결혼하기로 하자 돌연 복수의 칼날을 갈게 된다! 갑자기 사라진 히스클리프는 몇 년 뒤에 부유한 신사로 귀환해서는 '폭풍의 언덕'을 차지한다. 〈한자와 나오키〉(2013년 방영된 인기 TV 드라마로 사카이 마사토가 주연을 맞아 복수극을 벌인다―옮긴이)에서 주인공이 분노의 '배로 되갚아주기'를 실현했건만, 전혀 속시원하지 않다! 캐서린의 변덕스럽고, 지기 싫어하고, 너무 솔직한 주장에는 화자인 넬리나 히스클리프뿐만 아니라 누구라도 휘둘릴 수밖에 없을 것이다.

> 지금 히스클리프와의 결혼을 생각하다니. 그건 나를 진흙탕 속으로 떠미는 일이야. 그러니 그 사람이 내가 자신을 사랑한다는 사실을 알아서는 안 돼. 사랑한다는 건 말이야, 넬리, 그 사람이 아름다워서가 아니라 그 사람이 나보다도 더욱 나 자신이기 때문이야. 우리 영혼이 무엇으로 만들어져 있는지는 몰라도 그의 영혼과 나의 영혼은 같아. 에드거와 그 사람은 달빛과 번개, 서리와 불만큼이나 달라.

> 나는 왜 이렇게 변해버린 걸까? 왜 조금이라도 좋지 않은 말을 들

으면 욱해서 난리를 치는 걸까. 그래도 만약 그 언덕 부근의 히스 꽃 속으로 또다시 돌아갈 수만 있다면 나를 되돌릴 수 있을 거야. 다시 한 번 창문을 열어줘.

거듭 말하지만 '천성'은 바꿀 수 없다. 그저 받아들여서 천성과 조화하려고 애쓰는 수밖에 없다. 『폭풍의 언덕』은 인간이라면 누구든 눈 뜨고 보기는 싫은 '천성'을 철저히 그려낸 작품이기에 더욱 인정받기 어려웠는지도 모른다. 누구나 변할 수 있다고, 나아질 수 있다고 믿고 싶다. 이야기 속에서는 더욱 그렇다. 특히 요즘은 그렇게 하지 못하는 것은 노력이 부족해서라고, 나에게든 남에게든 서슴없이 비난의 화살을 날리는 분위기다. 그렇기에 마지막 부분에서 의외의 커플이 탄생한 것은 이 소설에 등장하는, 몇 안 되는 구원이기도 하다. 사람이라면 누구나 감정이 이끄는 대로 달려갈 수밖에 없기에, 자연스레 피어난 두 젊은이의 평범한 행복은 변함없는 진실이자 독자가 믿을 수 있는 유일한 가치인지도 모른다.

● 에밀리 브론테, 『폭풍의 언덕』, 김종길 옮김, 민음사, 2005
● 에밀리 브론테, 『워더링 하이츠』, 유명숙 옮김, 을유문화사, 2010
● 에밀리 브론테, 『폭풍의 언덕』, 김정아 옮김, 문학동네, 2011

당당하게 사랑을
요구하는 목소리

몇 년 만에 『제인 에어』를 다시 읽고 나는 땀에 흠뻑 젖을 만큼 흥분에 휩싸였다. 왜 이렇게 재미있는 거야! 제인은 어른스러운 성격 같지만 참고 견디는 행동 따위는 하지 않는다. 소극적으로 보이지만 언동은 지나치게 거칠고, 콤플렉스는 강하지만 (좋은 의미로) 낯 두껍고 분수를 모른다. 지금 일본에 산다면 손가락질깨나 받았을 문제 소녀다. 어떤 불리한 상황에서도 자존심을 잃지 않고, 끝까지 당당한 태도로 싫어하는 상대를 독설로 제압한다. 이상하리만치 분노의 힘이 강하고, 그 스위치가 켜지면 손을 쓸 수 없다. 어린 시절 부모를 잃고 친척 집에 맡겨져 심술궂은 숙모와 사촌들에게 구박을 받는다. 상대방이 압도적으로 나쁘다고는 해도 제인이 홀로 맞서는 박력은 엄청나다. 비판에서 협박으로 나아가며 대드는 방식을 보면, 리드 부인이 제인을 몇 년씩이나 증오하고 그 트라우마를 오래도록 떨치지 못한 것도 이해된다.

> 당신하고 피를 안 나눈 사이라서 다행이에요. 이제 '숙모'라고는 평생 안 부를 거고, 어른이 되어 만나러 오는 일도 결코 없을 거예요. 만약 누군가가 숙모를 좋아했느냐, 혹은 숙모가 어떻게 키워줬느냐고 묻는다면 이렇게 대답하겠죠. '그런 사람을 떠올리기만 해도 소름이 돋아요. 엄청나게 잔혹한 대우를 받았거든요.'

숙모와의 불화가 결정적인 원인이 되어 제인은 엄격하기로 유명한 로우드 학교로 보내진다. 좋은 선생님과 친구들을 얻었고, 그곳에서 교사가 되어 안정된 삶을 살아간다. 그러나 이로써 만족할 제인이 아니다. 은사가 결혼을 계기로 학교를 떠나자 제인은 로우드에서 더 이상 의미를 찾기 힘들다 느끼고, 신문광고를 통해 손필드 저택의 가정교사로 들어간다. 그 저택에서 사랑스러운 제자와 좋은 친구들을 만나고, 학교의 번거로운 관습에서도 해방된다. 그러나! 또 금세 부족함을 느끼던 중에 저택의 주인 로체스터와 첫사랑에 빠진다. 로체스터라는 남자는 잘생기지도 않고 몸집도 작고 인기 없는 자신을 비관하며 비뚤어진, 무척이나 번거로운 성격이다. 왕자님 캐릭터도 결코 아니고, 도덕적으로도 문제가 있다. 하지만 신기하게도 형언할 수 없는, 나도 모르게 느껴지는 섹시한 매력이 있다. 제인은 한 번 사랑에 빠지면 신분이 다르다고 물러서거나 미적거리지 않는다. 라이벌인 미인을 신랄하게 깎아내리고 직구로 사랑을 요구하는 제인은 정말이지 시원시원하다.

나 또한 당신과 마찬가지로 영혼도 마음도 있어요. 만약 신이 나를 어느 정도 미인에 부자로 태어나게 했다면 지금 당신 곁을 떠나는 내 고통을 당신이 느꼈을 테죠. 지금 나는 관습이나 규칙에 얽매여 이야기하는 게 아니에요. 육체마저 거치지 않고 있어요. 내 영혼이 당신의 영혼에 호소하는 거예요. 마치 두 사람이 묘지를 거쳐 신 앞에 섰을 때처럼 대등하게. 그래요, 우리는 대등해요!

하지만 간신히 맺어졌다 싶은 찰나, 로체스터가 감춰온 비밀이 탄로된다. 제인은 홀로 저택을 나와 무일푼으로 길거리를 헤맨다. 초라한 행색으로 구걸하다 보니 수상한 사람으로 취급받는데, 이에 버럭 화내며 사죄를 요구하는 제인은 눈이 부실 정도다.

우여곡절을 거쳐 제인은 맨손으로 행복을 차지한다. 이상하게도 '당찬 여자'라든가, '야심 있는 여자'라는 표현은 떠오르지 않는다. 작품 속에서 지적받듯, 그녀는 보통 사람과는 다른 열정을 지녔을 뿐이다. 다른 사람을 밀어내고 싶어 하지도, 신분 상승에 연연하지도 않는다. 몸속에 가득한 정체 모를 에너지와 열기를 더욱 좋은 방향으로 분출하고 싶은 욕구, 그리고 그것을 포용해주는 누군가를 만나고 싶은 간절한 마음은 실은 자연스러운 일이다. 어디에서도 좀처럼 만족하지 못하는 제인은 그 만족을 모르는 성미 덕분에 자신에게 최선인 자리를 차지한다. 그리고 폭발하는 듯한 에너지는 흘러넘치는 사랑으로 바뀌어 주위를 행복하게 만든다. 주변 사람을 휘두르는 여자의 방종이나 흉포함은 결점이 아니라 사실은 열정이라는 최대의 장점이 아닐까?

● 샬럿 브론테, 『제인 에어 1, 2』, 유종호 옮김, 민음사, 2004
● 샬롯 브론테, 『제인 에어』, 류경희 옮김, 펭귄클래식코리아, 2010
● 샬럿 브론테, 『제인 에어 상, 하』, 이미선 옮김, 열린책들, 2011
● 샬럿 브론테, 『제인 에어』, 조애리 옮김, 을유문화사, 2013

어긋나는 대화의
오싹한 불편함

작가가 된 후로 취재며 파티며 처음 만나는 분과 이야
기할 기회가 늘었다. 그럴 때면 사소한 말실수나 착각
같이 잘못 끼운 단추 때문에 대화가 어긋나는 일이 종
종 있다. 무슨 말인지 잘 모르겠어, 지금 이건 무슨 뜻이
지? 그렇지만 되묻는 것이 실례 같아서 알아듣는 척하
며 그대로 대화를 이어가면 도리어 난감한 결과를 낳기
도 한다. '그 자리에서 솔직히 모른다고 말할걸' 하고 나
중에 반성하곤 한다.

모르는 사람이 없을 걸작 판타지 『이상한 나라의 앨
리스』는 어긋나는 대화가 자아내는 불편함에 끌려들게
되는 이야기다. 조끼 입은 토끼를 따라 구멍 속에 떨어
진 앨리스는 이상한 약의 힘으로 몸이 늘어나고 줄어들
면서 '미치광이 모자 장수'의 다과회에 참석하고, 체셔

고양이와 문답을 하고, 하트 여왕과 크로케 시합을 하게 된다.

초등학생 때 처음 읽으면서는 앨리스의 의문과 의지가 이상한 나라 주민들에게 철저히 '무시'당하는 것이 당황스러웠다. 그때까지 읽은 동화책에서는 아이가 하는 말이면 다들 받아들여주고, 용감하고 말 잘하는 소녀는 주위에서 아끼고 사랑해줄 뿐이었다. 그런데 이 책에서 앨리스는 심지어 안내자인 토끼와도 마지막까지 관계다운 관계를 맺지 않는다. 애초에 이 세계는 갓난아기도 마구 던지고, 재판에서는 정의가 의미를 잃는 곳이다. 상식이 게슈탈트 붕괴Gestaltzerfall(익숙한 것이 불현듯 생소하게 느껴지는 의식 현상—옮긴이)를 일으키지만, 앨리스는 자기 뜻을 전하기를 포기하지 않는다. 아름다운 정원을 보고 싶다는 첫 욕망이 흔들리지 않는 것도 대단하다. 몹시 이상한 일들이 벌어져도 나름대로 적응하고, 음료(지금도 "나를 마셔요"라고 쓰인 병에 든 "체리 파이와 푸딩과 파인애플과 구운 칠면조 고기와 태피와 토스트를 섞은 맛" 음료를 꼭 먹어보고 싶다)나 버섯을 써서 마치 스마트폰 화면을 다루듯 자연스럽게 자기 몸을 커졌다 작아졌다 하게 만드는 지혜에도 감탄사가 절로 나온다.

> "그래도 나는 미치광이네 집 같은 데는 가기 싫은데." 앨리스가 말했다.
>
> "그런데 그건 어쩔 수 없는 일이야." 고양이가 말했다. "여기 사는 사람들은 모두 미치광이니까. 나도 미치광이고 너도 미치광이야."

"왜 나더러 미치광이라고 하는 거야?" 앨리스가 물었다.

"틀림없어. 그게 아니라면 이곳에 오지도 않았겠지."

그런데도 앨리스가 제정신을 유지하면서 이상한 나라의 주민들과 나름대로 대화해나가는 것은, 결말 부분에도 나타나듯 그녀가 행복한 소녀 시절을 보내고 있기 때문이리라.

"너는 누구지?" 애벌레가 물었다.

이것은 대화의 계기로는 그다지 좋은 징조가 아니다. 앨리스는 조금 수줍은 듯 말했다. "저…… 사실 저도 지금은 잘 모르겠어요. 오늘 아침에 눈을 떴을 때는 누구였는지 알았어요. 그런데 그 뒤로 몇 번이나 바뀌어버렸거든요."

"그게 대체 무슨 소리야?" 애벌레가 날을 세우며 말했다. "확실히 알아듣게 설명해야지!"

"그게 죄송하지만 저도 설명할 수가 없어요." 앨리스가 말했다. "아시잖아요. 지금 저는 제가 아니거든요."

어린 나는 영국인 특유의 위트와 유머를 간파하지 못해 조금은 무서웠다. 지금 다시 읽어도 이상한 나라의 주민 쪽 언어 감각에는 광기가 서려 있어서 별것 아닌 대화에 등골이 서늘해진다. 하지만 이는 초콜릿의 쓴맛 같은 것으로, 부조리한 세상을 헤매면서 휘둘리고 거절당하는 일도 무척 매력적인 모험처럼 느껴진다. 어긋나기만 하는 대화에 응수하는 것. 그 불편함조차 여유를 가지고 맛볼 수 있다면 더욱 풍부한 커뮤니케이션을 즐길 수 있을지도 모른다.

●루이스 캐럴, 『이상한 나라의 앨리스』, 손영미 옮김, 시공주니어, 2001
●루이스 캐럴, 『이상한 나라의 앨리스』, 김경미 옮김, 비룡소, 2005
●루이스 캐럴, 『이상한 나라의 앨리스』, 최용준 옮김, 열린책들, 2007
●루이스 캐럴, 『이상한 나라의 앨리스』, 이소연 옮김, 펭귄클래식코리아, 2010

세상에서 가장 유명한
상속 소설

친척이 돌아가셔서 올해 3월 연말정산은 다른 때보다 훨씬 더 복잡하고 오래 걸렸다. 새로운 서류가 올 때마다 관공서에 문의하고 세무사와 상담해야 했다. 무언가를 상속받는 일이 이토록 돈과 시간을 버리는 일인 줄은 꿈에도 몰랐다. 언론에서 하는 상속 파산 같은 무서운 말도 가끔 귀에 들어왔다.

영국 소설에는 상속과 유산을 둘러싸고 갈등을 빚는 이야기가 이상하리만치 많다. 소녀 시절의 애독서인 『소공녀』도 그렇다. 부잣집 아가씨 세라는 아버지의 죽음과 파산 때문에 기숙학교에서 온갖 구박을 받지만 사실은 다이아몬드 광산을 물려받았음이 판명되어 주변 태도가 180도 바뀌는 장면으로 끝난다. '세라, 정말 잘 됐어!' 하고 기분이 맑아지기보다는 어른의 더러움이

나 돈의 힘을 똑똑히 본 것만 같아서 모래알이라도 씹은 듯 서걱거리는 기분이다. 세라 아버지가 생전에 똑바로 대책을 세우고 공식 서류만 남겼더라도 일이 이렇게까지 되지는 않았잖아? 요새 푹 빠져 있는 영국 드라마 〈다운튼 애비〉도 상속 문제로 계속 갈등이 일어난다. 계급사회의 폐해라고 치면 그뿐이지만, 본인의 의지나 힘과는 상관없이 인생을 결정하는 '유산'의 존재는 이야기를 이끌어가는 대단히 강력한 소재다. 소설에 흥미가 없는 사람이라도 제목만큼은 들어봤을 『위대한 유산』은 이 분야의 엔터테인먼트 형식 중에서는 이미 세계에서 가장 유명한 '상속 소설'이다.

말 많은 누나와 대장장이인 다정한 매형 밑에서 자란 소년 핍은 엉뚱한 일로 막대한 유산을 상속받고, 그에 걸맞은 신사가 되기 위해 런던에서 교육받게 된다. 하지만 이 유산의 구체적인 액수는 물론 애초에 누구의 재산인지도 모른다. 핍의 인생을 180도 돌려놓으면서도 그 전모를 전혀 알 수 없는 출처 불명의 돈은 어딘가에서 그가 오기만을 기다리는 거대한 괴물 같다. 핍이 누나와 함께하던 평화로운 생활을 버리면서까지 유산을 받으러 달려든 데는 사연이 있다. 핍은 아름답지만 냉정한 소녀 에스텔라의 마음을 돌리고 싶었다. 에스텔라는, 자신을 버린 남자를 계속 증오하며 웨딩드레스를 입은 채 살아가는 해비셤 양의 수양딸이다. 해비셤 양은 에스텔라를, 세상 모든 남자의 마음을 철저히 가지고 놀다가 가루로 만들어버리는 여성으로 키우고, 오만한 에스텔라는 가난하고 촌스러운 핍을 완전히 무시하고 박살 낸다.

나는 당황했다. 어찌 된 일인지 확실히 알아보지도 않고서 나도 모르게 입을 열고 말았기 때문이다. 하지만 이제 와서 얼버무릴 수도 없으니 이렇게 대답했다. "해비셤 양 저택에 있는 아름다운 아가씨가 그랬어. 그녀는 지금껏 본 누구보다 아름다워. 그리고 나는 그녀를 몹시 사모하고 있어. 내가 신사가 되고 싶은 이유는 바로 그녀 때문이야." 이렇게 광기 어린 고백을 하고는 나는 풀을 잡아 뜯어 강물에 던졌다. 차라리 나도 풀과 함께 뛰어들고 싶기나 한 듯 말이다. "네가 신사가 되고 싶은 것은 그녀에게 복수하고 싶어서니, 아니면 그녀를 네 것으로 만들고 싶어서니?" 잠시 침묵하던 비디가 물었다. "나도 잘 모르겠어." 나는 울적한 마음으로 대답했다.

『위대한 유산』은 지금까지 온갖 형태로 패러디되고 오마주됐다. 그래서 이 소설을 읽다 보면 핍이 손에 넣은 유산의 원래 주인이 누구인지 금세 눈치채고 만다. 그리고 모든 등장인물이 기이한 인연으로 얽히고설킨 플롯은 지나치게 잘 짜여서 지금 우리는 당시의 영국 독자가 느꼈을 조마조마한 감정을 느낄 수 없다. 이 소설의 묘미는 '나쁜 부모'라고도 할 수 있는 해비셤 양과 에스텔라 사이의 희한한 신뢰 관계, 그리고 자기 출신을 버리고 신사가 되려 하는 핍의 좌절이다.

그렇다, 아무리 돈이 있고 노력을 해도 영국에서 계급 이동은 픽션에서조차 환영받지 못한다. 호의적으로 그려진 인물은 분수를 알고 주어진 영역에서 얌전히 살아가는 조, 핍의 죽마고우 비디, 변호사 서기 웨믹이다.

이 이야기는 또한 유산이라는 것은 단순히 돈이 아니라는 사실을 알려준다. 물려주는 자의 강한 의사와 함께 닥쳐오는 그것은, 좋든 싫든 상속인에게 자기 의지를 잇도록 요구하면서 또 무언가를 빼앗는다. 그래서 나는 상속의 번거로움을 접할 때마다 이런 생각이 든다. '지금 일본은 계급사회도 아니잖아. 남의 돈을 노리기보다는 내 손으로 열심히 일해서 벌자!'

● 찰스 디킨스, 『위대한 유산 1, 2』, 이인규 옮김, 민음사, 2009
● 찰스 디킨스, 『위대한 유산 상, 하』, 류경희 옮김, 열린책들, 2014

눈앞의 순간순간을
먹어치우는 여자의 숨결

부쩍 몸이 안 좋아서 며칠째 바깥 구경을 못 하고 있다. 침대 위에 있으면 하루가 눈 깜짝할 사이에 지나간다. 창밖의 눈부신 초록을 바라보노라면 격에 맞지도 않게 나를 돌아보고 내 속됨을 자꾸만 반성하게 된다. 2010년에 데뷔해서 이제 오 년 차. 일단은 글의 질보다는 의뢰와 마감을 우선시하며 마구 써댄 결과(거절하면 이 세계에 발붙일 수 없으리라 생각했다), 출간 일정이 밀리고, 내가 쓴 글인데도 기억이 안 나고……. 이 에세이를 쓰면서 계속 반성하고 있는 건 사실이다. 앞으로는 집필 계획을 제대로 세워서 충분히 생각을 묵혀서 글을 써야지. 그리고 퇴고 시간도 계산해야지. 곧 서른넷, 슬슬 무리할 수 없는 몸이 되어간다.

버지니아 울프의 『댈러웨이 부인』은 울적하게 가라

앉은 지금 기분에 꼭 맞는 책이지만, 6월에 읽을 걸 그랬다고 조금 후회하고 있다. 주인공인 클라리사 댈러웨이 부인이 자신의 쉰한 살 생일 파티에 쓸 꽃을 사러 6월의 런던으로 투입되는 장면부터 시작하는 책이라서 그렇다. 런던 거리가 너무도 생생하게 묘사된다. 빅벤이 울려 퍼지고, "지나가는 차에 왕실 귀족이 타고 있는 것 아니야?" 하며 사람들은 수런거리고, 공원이 많아서 초록이 무성하다. 하지만 무대는 제1차 세계대전 직후. 언뜻 보기에는 즐거운 거리 풍경이지만 여기저기 전쟁의 상흔이 남아 있다. 거리를 지나가는 정신 이상 청년 셉티머스가 이를 상징한다.

이 이야기에서 재미난 점은 시점이 자유자재로 바뀐다는 것이다. 클라리사에서 셉티머스로, 또 길거리를 지나가는 누군가로 연쇄 추돌 사고처럼 화자가 이리저리 바뀔 뿐만 아니라 클라리사 자신의 사고도 현재, 과거, 미래를 어지럽게 오간다. 파티가 끝나기까지 단 하루 동안의 이야기인데 왠지 문명이 시작된 이후의 긴 역사, 나아가 '우리는 어디로 가는가?'에 대한 대답도 스며 있어서 아찔할 만큼 장대하게 느껴진다. 이렇게 말하면 제법 난해하고 철학적인 이야기 같지만 클라리사가 동경한 여성인 샐리, 옛 연인 피터, 숙적인 가정교사 킬먼 등 매력적인 등장인물이 풍부해서 질리지 않는다.

누가 뭐래도 나는 주인공 클라리사의 밝은 성격이 좋다. 엘리트 남편과 아름다운 딸에다가 젊음과 매력도 지닌, 내가 좋아하는 보수적이고 사교적인 사모님 유형이다. 하지만 다른 관점으로 바라보자면 안타까운 면도 있다. '어디서든 자신만의 세계를 구축하는 재능, 여성들이 타고나는 재능', 즉 자신을 연출하는 능력이 뛰어난 나머지 다른 사람들을 즐겁게 만들고, 스스로도 그걸 즐기면서 자기 최고의 기쁨으로 삼는 면이 나는 싫다. 한편으로 그런 그녀에게 드리워진 고독과 두려움, 생판 남인 셉티머스에 대한 동정심이 군데군데 배치되어, 마치 잘 만들어진 패치워크를 보는 듯한 묘사가 읽는 재미를 준다. '왜 나는 파티에만 매달리는 걸까?'라고 클라리사는 자문한다. 파티라는 것이 애초에 무엇일까?

파티란 공물이다. 사람들을 서로 엮어서 거기서 무언가를 만들어낸다는 의미에서. 하지만 누구에게 바치는 공물일까?

아마도 공물을 위한 공물이리라. 아무튼 이게 나의 천부적인 재능이다. 그것 말고는 사소한 재능도 없다. 생각도 못 하고, 글도 못 쓰고, 피아노조차 못 친다. 아르메니아인과 터키인을 구별하지 못하고, 성공을 사랑하며, 불쾌를 싫어하고, 남들에게 호감을 얻지 못하면 견디지 못하고, 바보 같은 수다만 끊임없이 떨고 있다. 이 나이가 되어 아직 적도가 뭔지도 모른다.

그래도 하루의 끝에는 다음 하루가 이어진다. 수요일, 목요일, 금요일, 토요일. 아침이 되어 눈을 뜨고, 하늘을 보고, 공원을 걷고, 휴위트브레드를 만난다. 그리고 느닷없이 피터가 찾아온다. 그리고 그 장미꽃. 그걸로 충분하다. 이런 하루의 사건 뒤에 죽음이, 이런 것에 끝이 있다니 도저히 믿기지 않는다! 얼마나 내가 이 모든 것을 사랑하는지 세상 누구도 모르리라. 그 모든 순간순간을 얼마나 사랑하는지……

클라리스가 파티로 돌아가면서 이야기는 끝난다. 그녀가 사랑하는 사람들조차 질릴 만큼 시시하고 피상적인 연회. 하지만 눈앞에 놓인 한순간 한순간을 먹어치우면서 온전히 사랑을 쏟기를 원하는 클라리사는 벌을 받지 않는다. 첫머리에 나오는 6월 런던의 눈부심처럼 그녀가 붙잡고자 한 반짝임은 허영이 아니라 생명의 숨결이었기에.

● 버지니아 울프, 『댈러웨이 부인』, 나영균 옮김, 문예출판사, 2006
● 버지니아 울프, 『댈러웨이 부인』, 정명희 옮김, 솔출판사, 2006
● 버지니아 울프, 『댈러웨이 부인』, 최애리 옮김, 열린책들, 2009
● 버지니아 울프, 『댈러웨이 부인』, 이태동 옮김, 시공사, 2012

피고용인은 어떻게
일의 보람과 긍지를 찾는가

어지간히 좀 말하라고 독자들에게 잔소리를 들을 것 같지만 〈다운튼 애비〉 이야기로 시작하겠다. 이 드라마의 재미는 '화려한 위층의 고용인=상류층'과 '아래층에서 일하는 피고용인=하류층' 양쪽 시점을 오가는 데 있다. 당연히 일해서 먹고사는 나는 하류층에 감정이입이 된다. 내 주변에 있는 〈다운튼 애비〉 팬을 보더라도 상류층 캐릭터를 지극히 당연하다는 듯 '나리', '마님', '아가씨'라고 부르고, 나이 든 집사 카슨은 '카슨 씨'라고 부른다. 대체로 중견 피고용인 정도의 눈높이에서 이 드라마를 즐기는 모양이다.

유산 관리나 결혼 문제로 늘 골머리를 썩는 귀족도 힘들기야 하겠지만, 아래층에서 일어나는 문제는 현대 일본 사회의 문제와 거의 비슷하다. 피고용인도 프로

의식이 높은 사람, 그렇지 않은 사람, 이직을 꾀하는 사람, 해고를 두려워하는 사람 등 다양하다. 카슨 씨 같은 관리직이라도 되면 세세한 부분까지 신경을 써야 하고 골치 아픈 일을 해결해야 할 때가 수없이 많다.

수입이 적은 것은 그들이나 우리나 마찬가지이지만, 자유 시간과 인생의 선택지가 우리와는 비교할 수 없이 적기에 아래층 사람들의 생활은 더욱 고되다. 그런 일상에서 보람을 찾으려면 위층에 대한 충성심과 경외심이 반드시 필요하리라.

가즈오 이시구로의 『남아 있는 나날』은 '고용주의 품격이야말로 나의 품격'이라 믿어 의심치 않는, 좋았던 지난날을 아는 노집사 스티븐스가 뜻하지 않게 주어진 자유 시간에 자기 인생을 돌아보는 내용이다. 제2차 세계대전이 끝나고 몇 년이 지나, 미국인 패러데이에게 고용된 스티븐스는 피고용인이 적어서 고민하고 있다. 그는 하녀장이었던 옛 동료 켄턴 양(결혼해서 벤 부인이 된)에게 온 편지를 읽으면서 그녀에게 다시 일해달라고 해볼까 생각한다. 패러데이 씨가 사들인 저택 달링턴 홀은 원래 스티븐스가 경외해 마지않던 죽은 달링턴 경의 소유였다. 훌륭한 집사였던 아버지를 이어서 이 대에 걸쳐 달링턴 경을 모셔왔다는 역사는 스티븐스를 지탱해주는 버팀목이자 자존심이기도 하다. 패러데이 씨에게 특별 휴가를 받은 그는 자동차를 빌려서 켄턴 양을 만나러 여행을 떠난다.

고용주에게 크나큰 충성을 품고 일하는 스티븐스는 프로 가운데서도 프로 집사다. 부모님의 임종도 지키지 못했고, 켄턴 양의 직접적인 구애도 눈치채지 못했다. 머릿속에는 오로지 은식기 닦는 방법과 손님 접대하는 방법뿐이었다. 이렇게 이야기하면 차갑고 인정머리 없는 철가면 같지만, 읽다 보면 몇 번이고 가슴이 메어오는, 우직함으로 가득한 사랑스러운 인물이다. 저택 바깥일에는 흥미를 가질 여유도 없었고 사생활도 없다시피 살아온 스티븐스는 업무 외적으로는 거의 어린아이처럼 순수하다. 농담을 좋아하는 패러데이 씨를 기쁘게 해주려고 농담을 건네지만 자꾸만 헛다리를 짚는 바람에 남몰래 낙담하고 개그 특훈을 받는 부분에서는 바보스러워 보이기도 하고 눈물이 날 것만 같다. 무엇보다 스티븐스는 달링턴 경에게 맹목적인 경외심을 한결같이 품고 있는데, 소설은 스티븐스가 생각하듯 달링턴 경이 그리 훌륭한 인물은 못 된다는 사실을 독자에게 전하는 구성이다. 그래서 스티븐스가 더욱 안쓰럽게 느껴지는지도 모르겠다.

당신이 그런 태도로 나오다니 놀랍군요, 켄턴 양. 당신은 일부러 떠올릴 필요도 없잖아요. 우리 직업상 의무는 주인님의 뜻을 따르는 것이지, 내 단점을 내보이거나 감정이 이끄는 대로 행동하는 게 아니라는 것을.

나같이 보잘것없는 인간은 결국 세상의 중심에 계신 위대한 신사숙

녀인 주인님들의 손에 맡기는 것 말고는 별다른 선택의 여지가 없

소. 그것이 엄연한 현실 아니겠소?

　스티븐스의 긍지가 지켜졌던 시대는 이미 오래전에 사라졌다. 이

야기의 마지막에서 그는 그것을 깨달았다. 그리고 어쩌면 살았을지

도 모르는 다른 하나의 인생을 생각해본다. 그래도 그는 눈앞에 놓

인 자신의 역할을 묵묵히 이어가기 위해 마음을 다잡는다.

　나는 〈다운튼 애비〉의 아래층 사람들보다 자유롭고 선택지도 훨

씬 많다. 그런데도 마지막에 스티븐스가 보인 눈물에 놀라서 그에게

깊은 동정과 애처로움마저 느끼게 됐다. 대체 왜였을까?

●가즈오 이시구로, 『남아 있는 나날』, 송은경 옮김, 민음사, 2010

무섭고도 너무나 슬픈
최고의 미스터리

상을 받았다. 시상식에서 대선배와 동료 작가들의 축사에 감개무량하면서도 다른 사람들이 말하는 내 모습이 너무나 말썽꾼이라 놀라고 말았다……. 내 기억에서는 사라진 언동이 제삼자의 입에서 무수히 흘러나오는데, 작가들이니 이야기를 좀 더 재미나게 꾸며낸다는 점을 감안해도 죽을 만큼 창피했다. 심사위원인 이시다 이라 선생님이 문예지에 써준 심사평에는 함께 갔던 노래방에서 내가 개사한 노래를 부른 일에다 그 가사까지 언급되어 있었다. 반쯤 잊은 일인지라 '나 어떻게 됐나 봐' 하며 충격을 받았다. 줄곧 혼자서 원고를 쓰거나 읽는 생활을 하다 보니 사람을 만날 때면 나도 모르게 들뜨고, '남들의 눈에 어떻게 보일까' 하는 감각이 완전히 사라져서 참 곤란하다. 나 원 참.

추리소설의 여왕 애거사 크리스티의 『봄에 나는 없었다』에는 살인도 범죄도 등장하지 않지만 무섭고 슬픈 최고의 미스터리다. 행복한 베테랑 주부 조앤이 여행을 떠났다가 돌아오는 길에 사막에 갇히면서 인생을 돌아보고, 그 와중에 보고 싶지 않았던 것들이 자꾸만 떠오른다는 줄거리다. 뛰어난 변호사 남편 로드니의 그늘 아래서 세 아이를 훌륭하게 키워낸 조앤은 젊음도 유지하면서 집안일과 사교로 언제나 바쁜, 누가 봐도 완벽한 여성이다.

결혼한 딸네 집에 들렀다가 돌아오는 길, 갑자기 빠지게 된 인생의 에어포켓. 사막의 조악한 숙소에 꼼짝없이 발이 묶인 며칠간, 그녀는 처음으로 자신이 걸어온 길을 돌아본다. 누구나 하는 경험이리라. 그때의 석연치 않았던 한마디, 해소되지 않았던 의문, 마음에 걸려 있는 그 감정. 일상을 떠난 조앤은 그 하나하나를 천천히 더듬어가는 동안 무서운 진실과 마주한다. 완벽히 충족되어 있던 그녀가 사실은 '누구에게도 사랑받지 못했을 뿐만 아니라 모두에게 미움받고 있었다'는 것이 서서히 드러나는 대목에서는 독자도 스스로를 돌아보면서 날카로운 칼날에 찔리게 될 것이다. 조앤은 기차역에서 인기 많았던 옛 동창 블란치와 딱 마주쳤다. 지금은 완전히 보잘것없어진(이라고 조앤은 생각했다) 블란치와 나눈 대화를 떠올리면서 조앤은 이런 생각을 하기 시작한다.

하지만 그 사람이 그다음에 뭐라고 했지? 꽤 묘한 말이었는데.

맞다. 날이면 날마다 자신에 대해 생각하는 것 말고는 할 일이 없다면 자신에 대해 무엇을 알게 될지 궁금하다고. 그런 말을 했지.

그래도 뭐, 재미있을지도 몰라. 생각하기에 따라서는.

다만 블란치는 자신은 그러고 싶지 않다고 했다.

그녀는 거의 **두려움에 떠는** 어투로 말했다.

애초에 자신에게서 새로운 발견 같은 걸 할 수 있나?

나 또한 나 자신에 대해 생각하는 일에는 익숙하지 않아.

그러니 나 자신에 대해서 그다지 생각한 적도 없어. 하지만 다른 사람의 눈에는 내가 어떤 인간으로 보일까? 일반적인 면 말고 특별한 면에서.

조앤은 다양한 장면에서 타인에게 들은 말을 떠올리며 곱씹으려 애썼다.

그녀가 그 며칠 동안 얻은 것은 객관성이다. 생각건대 조앤에게 필요했던 것은 '비판'이 아니었을까. 물론 그녀는 남들이 해주는 말은 듣는 시늉도 안 했지만, 애정을 지닌 훌륭한 비판자가 있었다면 그녀의 인생도 조금은 달라졌을지도 모른다는 생각을 도저히 떨칠 수 없었다(그 적임자가 사실은 블란치였나 싶은 에피소드가 여러 번 등장한다). 그런 의미에서 결코 그녀와 정면으로 부딪치지 않으려 하는 로드니의 상냥함은 실제로는 누구보다도 냉철한 행동이었다고 할 수 있다.

무슨 짓을 해도 나는 조앤을 미워할 수 없다. 그녀는 근본부터 악한 사람이 아니다. 상처받고 싶지 않으니 보고 싶지 않은 것에서 눈을 돌려 곧장 자기만족의 편안한 길로 도망칠 뿐이다. 이는 누구나 빠지는 함정이다. 이 소설을 읽고 나면 조앤이 무엇을 깨달았는지, 그리고 여행 마지막에 그녀가 어떻게 바뀔지가 기대되리라. 그녀를 바라보는 가까운 인물들의 시점에서 끝나는 결말은 제목의 의미를 깨닫게 해주는 동시에 너무도 가슴이 아프다.

● 애거사 크리스티, 『봄에 나는 없었다』, 공경희 옮김, 포레, 2014

타인에게 공감하려면
충분한 티타임이 필요하다

『하워즈 엔드Howards End』 E. M. 포스터Edward Morgan Forster, 1879~1970

요즘 매일같이 '공감'에 대해 생각한다. 편집자는 '공감할 수 있는 이야기'를 요구하고, 독자들은 '공감할 수 없는 이야기는 읽히지 않는다'라는 의견을 자주 들려준다. 영화나 소설에서 나와 많이 닮은 등장인물이나 내가 느껴본 감정과 조우하면 꺄악 하고 소리 지를 듯 기쁜 것처럼, 전혀 알 수 없는 대사나 이해하기 힘든 캐릭터에게 휘둘려 예상치 못한 방향으로 이끌리게 되는 상황도 좋아하므로 꽤 고민스럽다. 억지로 '공감'하게 하도록 글을 쓰는 것도 독자를 무시하는 듯싶어서 왠지 실례 같다. 내가 정말로 쓰고 싶은 글도 점점 희미해진다. 이 부분만큼은 조작할 수 있는 것이 아니라 독자에게 맡길 수밖에 없는 영역인지도. 쓰고 싶은 글을 썼다면 그다음은 책을 집어 든 이가 결정할 일이다. 우연히 공감해준다면 운이 좋은 걸로 치면서, 초조해하며 이상한 방향으로 가버릴 듯한 나 자신을 지켜내고 있다.

최근 뉴스를 보면 '나와 의견이 전혀 다른 상대를 어떻게 받아들일 것인가?'라는 문제가 사회적 과제인 듯하다. 논의가 금세 싸움으로 번지거나, 단순한 상상이나 정직한 진심이 비판으로 받아들여지는 바람에 큰 사달이 나기도 한다. 이는 공감만을 지나치게 요구한 결과가 아닐까.

『하워즈 엔드』는 공감에 대한 이야기다. 착실한 언니 마거릿과 자유분방한 여동생 헬렌의 사랑 이야기이기도 하다. 이렇게 말하면 초록 나뭇잎 사이로 햇빛이 새어들고 그 속에서 벌어지는 아름다운 영국 소설 같다. 하지만 느긋한 마음으로 읽다가 의자에서 굴러떨어질지도 모른다. 등장인물들이 그야말로 전혀 공감할 수 없는 행동을 서슴지 않기 때문이다. 꼬리를 무는 반전에 입이 떡 벌어지고 말리라.

아버지가 남긴 재산으로 런던에서 우아하게 살아가는 두 자매는 자수성가한 사업가 집안인 윌콕스 가문과 교류하는데, 윌콕스 부인이 언니 마거릿을 마음에 들어한다. 윌콕스 부인은 자신이 태어나고 자란 저택 '하워즈 엔드'에 강한 애착을 보이는 인물이다. 게다가 가난한 청년 레너드가 그 문화적인 풍부함에 이끌려 자매의 집에 드나들면서 이른바 서로 다른 세 계층이 섞이게 된다. 무대가 되는 20세기 초반의 영국은 엄격한 계급사회다. 실제라면 불가능할 교류가 성립하는 것은 마거릿의 열린 자세와 타인을 깊이 존중하는 태도 때문이다. 그녀는 치렛말은 한마디도 하는 법이 없다. 돈은 '세상에서 두 번째로 소중한 것'이라고 말한다. 어느 정도의 재산이 없다면 '자기 영혼도 존재할 수 없으므로' 정신이니 이상이니 하는 소리를 하기보다는 가까운 주변 사람에게 도움의 손을 뻗쳐야 한다는 것이 그녀의 신념이다.

월콕스 부인이 죽은 뒤, 마거릿은 월콕스 씨와 급속도로 친해져 청혼을 받는다. 동생 헬렌은 과거에 벌어졌던 월콕스 집안과의 한바탕 해프닝과 가치관의 차이를 우려해 맹렬히 반대하지만, 마거릿은 냉정하게 대답한다.

> "예를 들어 우리는 월콕스 씨가 가진 결점을 전부 알고 있어. 그는 감정에 얽히는 걸 두려워하지. 성공에 지나치게 집착하고 지난날을 소중히 여기지 않아. 그 사람이 다른 사람의 마음을 움직이려 할 때는 시詩가 없어. 그러니 다른 사람의 마음을 진정으로 움직일 수 없지."이렇게 말한 후 그녀는 저녁놀로 빛나는 바다를 바라봤다. "그 사람은 심지어 정신적으로 나만큼 정직하지도 않아. 이렇게까지 말해도 너는 모르겠니?"
>
> "모르겠어." 헬렌은 말했다. "그 말을 들으니 기분이 더 께름직해. 언니, 어떻게 된 것 아니야?"
>
> 마거릿은 기분이 상한 듯 자신도 모르게 몸을 움직였다.

"나는 그 사람은 물론 어떤 남자든, 아니 여자든 내 삶의 전부로 삼을 생각이 없어. 그럴 리가! 나는 그 사람을 절대로 이해할 수 없고, 앞으로도 이해하지 못할 이유가 가득하니까."

마거릿은 또한 이렇게 말했다. 자기도 자신의 모든 것을 알지는 못한다고. 윌콕스 같은 실업가들이 영국 경제를 떠받치지 않았다면 자신들 같은 계층은 문화적인 삶을 누릴 수도 없다고.

그녀가 모든 인간에게 공감하는 것은 상대의 입장이나 심정을 두루 이해할 수 있는 능력 덕분이다. 게다가 감정을 똑바로 전하기 위해서라면 무모한 행동까지 불사하는 용기도 있다. 나와 다른 인간의 마음이 통하려면 시간과 수많은 말과 기꺼이 곁을 내주는 용기, 그리고 충분한 티타임이 필요하다는 사실을 이 책은 가르쳐준다.

●E. M. 포스터, 『하워즈 엔드』, 고정아 옮김, 열린책들, 2010

빅 브라더도 침범할 수 없는
마음의 영역

지금의 일본에서 충분히 자유롭게 살고 있다, 아무 의문도 없을뿐더러 미래도 걱정하지 않는다, 불만이 있다면 유즈키 씨의 노력이 부족해서 아니야? 모두 힘든 건 마찬가지니까 투정이나 불만은 입 밖에 꺼내지 않는 편이 좋아, 이런 가치관을 가진 분이라면 그냥 넘겨도 좋다.

이 책은 정체불명의 초조함과 불안감과 답답함에 짓눌려 있는 분, 언제나 누군가의 스마트폰으로 감시당하는 기분이 들어서 긴장을 풀 수 없는 분에게만 추천한다. 언론뿐만 아니라 요새 돌아가는 분위기가 심상치 않다. 경솔한 발언은 용납할 수 없다, 심한 말을 들어도 넘겨라, 자유분방한 행동은 금지한다, 노력하되 노력하는 동안 겪는 괴로움은 보이지 마라, 성과를 내면서도 겸손하라, 매력도 넘쳐야 한다, 그래도 범죄에 얽히지는 마라, 만약 연루되기라도 한다면 그건 네 책임이니 긴장하며 살아라, 일도 결혼도 출산도 육아도 다 잘해내야 하고, 나아가 민폐는 절대 끼치지 마라…… 이렇게 사회로부터 엄격하게 요구받다 보니 나처럼 깊이 생각하지 않는 인간조차 나가떨어지고 만다. 일상의 다양한 국면이나 연일 보도되는 뉴스를 볼 때마다 동조 압박에 짓눌려서 심신이 지칠 때가 있다.

조지 오웰의 SF 고전 『1984』를 읽으면서 다들 '이게 정말 1949년에 나온 책이라고?' 이렇게 몇 번이고 확인할 것만 같다. 그만큼 지금과 너무나 닮았다. 무대는 1949년 당시에 바라본, 가까운 미래의 런던. '빅 브라더'가 지배하는 비정상적 감시 사회에서 시민은 말 한마디부터 섹스와 사상까지 관리당한다. 뭔가 이상하다고 위화감을 느끼면서도 담담히 인생을 살아가는 중년의 공무원 윈스턴이 우연한 계기로 일상을 벗어나는 이야기인데……. 이런 글을 쓰면 '사상경찰'에게 발각되어 101호실에서 공포의 고문을 당할 것 같아 두근거린다. (소설의 영향이에요!) 우리가 직면한 현실과 무척 닮아 있다는 기분을 도저히 지울 수 없다.

우선 시민의 생활을 감시하는 '텔레스크린'은 저쪽에서도 보이고 이쪽에서도 보이는, 뉴스와 슬로건을 끊임없이 내보내는 쌍방향 텔레비전이다. 모든 집에 설치되어 있으며 이를 통해 모든 일이 새어 나가서 사생활 따위는 존재하지 않는다. '더블싱크doublethink(이

중 사고—옮긴이)'가 의무화되어 상반된 생각을 동시에 받아들여야 하므로 애초에 고유한 의견을 구축할 수 없는 구조다. '뉴스피크 Newspeak(『1984』에 등장하는 새로운 언어로, 기존 언어를 대체하기 위해 만들어진 독재용 언어—옮긴이)' 탓에 쓸 수 있는 단어는 극단적으로 줄었고, 세세한 뉘앙스를 전할 수단이 사라졌다. 즉 누구나 사고 정지 상태에 빠져서 현재 상황에 의문을 품지 않고 지금 있는 그대로를 받아들일 수밖에 없게 된 형편이다.

윈스턴은 정부가 금지하는 일기를 쓰기 시작한다. 줄리아라는 젊은 여자에게 고백을 받고, 텔레스크린과 숨겨진 마이크를 교묘하게 피해서 밀회를 거듭한다. 누구의 침범도 당하지 않은 채 잠시나마 맛보는 이 시간은 앞으로 가혹한 고문 장면(섬세한 분들은 조심하시길)이 기다리고 있기에 한없이 느긋하게 느껴지고 따뜻한 피가 도는 것만 같다.

> 그들은 내가 한 일, 말, 생각까지 모조리 폭로할 수 있으리라. 하지만 마음은 본인조차 붙잡을 수 없는 작용인 만큼 여전히 무너뜨릴 수 없으리라.

자유라는 것은 선택지가 많아지면 오히려 무너지므로 무서운 법이다. 목소리 큰 사람에게 편승하는 것이 편하겠다는 생각도 문득 든다. 쌓아둔 감정을 전할 때는 늘 긴장하고, 다른 사람과 거리감이 느껴져 고민하기도 한다. 아무 비판도 받고 싶지 않아서 무슨 소리도 하고 싶지 않을 때가 있다.

그러나 귀찮더라도 작은 의문에 일일이 맞서서 서투르나마 끝까지 말하는 것을 포기하고 싶지 않다. 이 스트레스야말로 아직 누구에게도 내 마음이 지배당하지 않았다는 증거니까.

● 조지 오웰, 『1984』, 정회성 옮김, 민음사, 2003
● 조지 오웰, 『1984』, 김병익 옮김, 문예출판사, 2006
● 조지 오웰, 『1984』, 김기혁 옮김, 문학동네, 2009
● 조지 오웰, 『1984』, 박경서 옮김, 열린책들, 2009
● 조지 오웰, 『1984』, 권진아 옮김, 을유문화사, 2012
● 조지 오웰, 『1984』, 이기한 옮김, 펭귄클래식코리아, 2014

American Literature

우리를
빛나게
해주는 것

매혹적인 여자에게
반드시 따라붙는 추문의 실체

내가 낳았다고 해도 이상하지 않을 만큼 어리디어린 아이돌이 연애 좀 했다고 매일같이 뭇매를 맞는다. 아이돌뿐만이 아니다. 세상은 남녀 문제에서 깨끗하기를 원한다. 나는 남녀 문제에는 젬병이라 "부탁이니까! 남녀 간의! 화끈한! 이야기를 써주세요!"라는 간청을 들을 때마다 실실 웃으며 얼버무리기 일쑤다. 연애가 뭐 대단한 일이라고 난리들인지 어안이 벙벙하다. 지금은 그 사람의 인격이 훌륭한지, 좋은 일을 하는지보다는 일단 남녀 관계가 얼마나 '깨끗한지'를 더 중요시하는 것 같다. 실패와 흑역사를 겪지 않고 어찌 인간으로 성장한다는 말인가. 규칙 따위는 시대나 장소가 바뀌면 덩달아 바뀌기 마련이다. 지금 소리 높여 정의를 외치는 사람이 십 년 뒤에도 그러리라는 법이 어디 있나?

때는 17세기, 뉴잉글랜드(지금의 보스턴). 젊고 아름다운 유부녀 헤스터 프린은 불륜으로 낳은 아이를 안고 처형대에 서 있다(불륜이라고 하지만, 그녀보다 나이 많은 남편은 이 년 가까이 소식 불명에 연락두절 상태다. 같이 사는 것도 아니니까 지금이라면 자연스럽게 이혼이 성립할 상황이다). 처형대 주변에는 사람들이 구름 떼처럼 모여서 수군거린다. 그중 한 사람이 외친다.

"이 여자는 우리 여자의 얼굴에 먹칠을 했으니 당연히 사형에 처해야 해요!"

아니, 이건 너무 불공평한데? 헤스터는 아이 아버지의 이름을 끝까지 말하지 않고 '간음Adultery'을 의미하는 'A' 자를 평생 가슴에 달고 사는 잔혹한 벌을 받는다. 당시 보스턴은 영국에서 청교도들이 정착하기 위해 건너온, 아직 개척되지 않은 신대륙이었다. 신비로운 숲에 둘러싸여 있는 데다가 도처에 인디언이 살고 마녀 같은 노파도 등장한다. 모두가 불안하다. 그렇기에 엄격한 종교 계율만이 유일한 의지 대상이었던 셈이다.

그런 환경에서 싱글맘으로 살아가다니! 상상만으로도 심장이 쪼그라든다. 그런데 헤스터는 뛰어난 바느질 솜씨를 썩히지 않고 딸인 펄을 키우며 억척스럽게 살아간다. 주제에서 벗어난 이야기 같지만, 헤스터의 DIY 감각과 지혜 덕분에 펄은 누구보다 화려하고 선명한 색색의 옷을 입는 아이가 된다. 심지어 수치의 상징인 A마저 세련된 모노톤 패션의 포인트로 돌변한다. 헤스터는 미의식이 뛰어나고 썩

씩하며 총명한 데다가 정이 많은 성격이다. 곤란에 처한 사람에게는 주저 없이 손을 내민다. 처음에는 헤스터도 수치와 후회로 괴로워하지만 사람들은 차츰 그녀에 대한 오해를 풀기 시작한다.

한편 헤스터에게 배신당한 남편은 복수를 위해 칠링워스 의사가 되어서 돌아온다. 그리고 헤스터의 불륜 상대인 목사 딤스데일을 심신 양면으로 압박한다. 세상의 눈이 신경 쓰여서 도저히 자신이 불륜 상대라고 밝히지 못한 채 날마다 양심의 가책으로 괴로워하는 딤스데일에게 헤스터는 일갈한다.

"세상이라는 것이 그렇게 좁을까요?" 헤스터 프린은 외쳤다. 그녀는 깊은 눈빛으로 목사의 눈을 빤히 바라봤다. 몸을 제대로 펼 수조차 없을 만큼 억눌리고 산산이 부서진 그의 마음에 자석 같은 힘을 본능적으로 쏟아부었다. "저 마을 또한 얼마 전까지만 해도 낙엽만 뒹굴던 황야였죠. 이 주변처럼 을씨년스럽기 그지없던 저 마을에만 과연 우주가 있을까요? 숲속에 난 길은 어디로 통할까요? 마을로 돌아가는 길이라고 당신은 말하겠죠. 그야 그렇겠죠. 하지만 그보다 더 멀리 가면 되잖아요. 깊숙이, 황야 속으로 들어갈수록 누구 눈에도 띄지 않는 곳이 나올 거예요."

진흙탕 속에서 발버둥 치는 남자들과 달리 헤스터는 너무도 의연한 데다가 삶의 지혜를 터득한 여인이다. 그녀는 딤스데일에게 딸과

셋이서 새 땅으로 가서 새 출발을 하자고 제안한다. 하지만 그는 죄를 고백하고 결국 죽는다. 펄을 훌륭하게 키워낸 헤스터는 끝까지 A를 가슴에서 떼지 않는다. 이미 주홍 글자는 사람들의 존경을 받는 훈장이 된 것이다.

남들의 평가가 신경 쓰이고 되도록 미움을 사고 싶지 않은 마음은 누구나 마찬가지다. 하지만 어떤 시대든 매혹적인 인물에게는 추문이 따르는 법. 욕 한번 들어보지 못한 여자가 오히려 지루하지 않은가? 악평이란 시대나 환경에 따라 얼마든지 매력이나 재산으로 바뀔 수 있는 자신의 소중한 일부니까.

● 너새니얼 호손, 『주홍 글자』, 김욱동 옮김, 민음사, 2007
● 너새니얼 호손, 『주홍 글자』, 김지원·한혜경 옮김, 펭귄클래식코리아, 2009
● 너새니얼 호손, 『주홍 글자』, 양석원 옮김, 을유문화사, 2011
● 너새니얼 호손, 『주홍 글자』, 곽영미 옮김, 열린책들, 2012

여자의 솔직한 욕망을
긍정하는 남자

지난해 10월, 난생처음 할로윈 이벤트를 본격적으로 벌였다. 거창해 보이지만, 사실은 우리 집에 여자들끼리 모여서 조촐하게 즐긴 파티였다. 사건의 발단은 『바람과 함께 사라지다』 일본어 개역판의 띠지에 들어갈 글을 쓰게 됐는데 이를 계기로 친한 친구가 다섯 권을 전부 독파한 것이다.

말하지 않아도 다 알겠지만 『바람과 함께 사라지다』는 미국 남북전쟁을 무대로 펼쳐지는, 폭주 기관차 같은 미녀 주인공의 시련과 사랑 이야기다. 나는 중학생 시절부터 즐겨 읽었지만 친구는 "왜 진작 안 읽었을까!"라며 분해했다. 우리는 스칼렛과 멜라니의 우정에 가슴 설레고, 레트의 고백에 눈물짓고, 애슐리 험담을 늘어놓느라 잔뜩 흥분했다. 너무 흥분한 나머지, 그만 스칼렛 오하라 의상을 사고 말았다. 그 옷을 입어볼 기회가 꼭 필요해서 10월 31일 할로윈 데이에 친구들을 우리 집으로 불러 모은 것이다.

모처럼 친구들도 모였으니 팔을 걷어붙이고 미국 남부 요리에 도전했다. 이 작품에도 등장하는 프라이드치킨과 비스킷을 만들어서 분장한 친구들과 함께 모조리 먹어치웠다. 초록 리본이 달린 치마가 풍성하게 나풀거리는 흰 드레스, 긴 장갑, 챙이 넓은 모자를 쓰고 프라이팬에서 닭을 뒤집는 나를 손가락질하며 다들 한마디씩 했다.

"야, 흰옷에 기름이 튀잖아!"

"대농장주 따님이 직접 튀김을 만들겠어? 그런 건 하인을 시키겠지!"

작품 속에는 기름지고 먹음직스러운 요리가 등장하지만 정작 스칼렛은 주인공이어도 우리처럼 마음껏 먹지 못한다. 몸소 의상을 입어보고 나서야 실감했는데 고전적인 남부 드레스는 허리를 꽉 졸라매어 몸의 곡선을 강조하는 디자인이다. 더욱이 남부 미인은 자고로 새 모이만큼 먹는 게 미덕이었다. 남자 앞에서는 늘 조신하고 순진해야 한다고 엄격하게 교육받았다. 시대는 같지만 북쪽 이야기인 『작은 아씨들』에서는 '남자에게 아양을 떨며 자신을 잃어버릴 바에는 노처녀로 살겠어!' 하며 여자들끼리 무리 지어 발랄하게 살아가는데……. 같은 미국인데도 남북의 성性 가치관이 너무 차이가 나서 그 나라의 땅덩이가 얼마나 넓은지 새삼 깨달은 기억이 있다. 심지어 '만남의 장'인 바비큐 파티에서 스칼렛이 음식을 게걸스레 먹지 않게 하려고 흑인 유모인 마미가 식사를 억지로 밀어 넣는 장면마저 등장한다.

"어서 이 팬케이크 좀 드세요." 마미는 가차 없다.

"왜 젊은 여자는 남편감을 찾겠답시고 이런 바보짓을 해야 하는 거야?"

"원래 그런 법이에요. 신사분들은 본인에게 진짜로 필요한 게 뭔지 모르니까요. 그저 가지고 싶은 게 뭔지만 알죠. 그러니 신사분들이 가지고 싶어 하는 걸 내미는 아가씨는 노처녀 신세를 면하는 거죠. 신사분들은 음식을 먹을 때 새처럼 깨작거리고, 아무것도 모르는 내성적이고 예쁘장한 여자를 좋아해요. 자기보다 머리가 좋아 보이면 결혼하려 들지 않아요."

"하지만 막상 결혼하고는 아내가 생각보다 똑똑해서 깜짝 놀라지 않을까?"

"그때는 늦은 거죠. 이미 결혼해버린걸요. 게다가 신사분들이란 결혼하고 나면 이번에는 아내가 현명하기를 바라는 사람들이니까요."

"언젠가 나는 하고 싶은 건 뭐든 하고, 말하고 싶은 건 뭐든 말하는 여자가 될 거야. 주변에서 뭐라든 신경 안 쓰고."

"농담이 과하시네." 마미가 완고하게 말했다. "제 눈에 흙이 들어가기 전에는 안 돼요. 어서 팬케이크나 드세요. 그레이비 소스에 찍어서요."

왠지 지금도 여성지에 소개되는 '이성에게 인기 끄는 비결' 같은 글과 별반 다르지 않아 보인다.

어머니와 유모의 가르침에 따라 스칼렛은 이성 앞에서는 철저하게 사랑받는 캐릭터를 연기한다. 그런 그녀의 다혈질 본성을 알아채고 사사건건 놀리기도 하지만 진심으로 지지하는 남자가 바로 레트 버틀러다. 스칼렛은 그의 진심을 좀처럼 깨닫지 못한다. 그런 시대에 자기 욕망에 솔직한 여자를 긍정하다니 얼마나 훌륭한 남자인가! 스칼렛은 레트 앞에서만큼은 눈치 보지 않고 좋아하는 음식을 실컷 먹는다. 레트는 뉴올리언스 여행 중에 크레올 요리를 닥치는 대로 먹어치우는 스칼렛을 바라보면서 너무도 행복해한다. 하지만 이야기의 결말을 아는 나로서는 그 모습이 너무도 애절해서 견딜 수 없다.

● 마거릿 미첼, 『바람과 함께 사라지다 상, 중, 하』, 송관식 옮김, 범우사, 1997
● 마가렛 미첼, 『바람과 함께 사라지다 1, 2』, 윤종혁 옮김, 신원문화사, 2005
● 마거릿 미첼, 『바람과 함께 사라지다 상, 중, 하』, 안정효 옮김, 열린책들, 2010
● 마거릿 미첼, 『바람과 함께 사라지다 1, 2』, 장왕록 옮김, 동서문화사, 2017

재능 있는 딸이
가족을 지키는 법

『바람과 함께 사라지다』 편에서 '동시대 명작인데 미국의 북부와 남부가 이렇게까지 가치관이 다르다니!' 하며 『작은 아씨들』을 소개한 바 있다. 오랜만에 이 작품을 다시 읽으면서 작가의 일기를 모은 책 『루이자 메이 올컷의 일기 : 또 하나의 작은 아씨들』도 같이 읽었다. 작품 탄생 배경이 더 깊이 이해되면서 '작은 아씨들'이 지금까지와는 조금 다르게 보이기 시작했다.

세상에서 가장 유명한 네 자매로, 단정하고 용모가 아름다운 메그, 남자에게 뒤지지 않는 조, 얌전한 베스, 되바라진 에이미. 이 넷은 루이자와 그녀의 실제 자매인 안나, 리지, 메이 자체이기도 하다. 봉사 활동에 열심인 현명한 어머니 아래에서 네 자매는 가난한 형편에도 서로를 아끼고 보살핀다. 원래는 부유한 집이었지만 아버지가 친구를 도우려다 재산을 잃고 빈털터리가 되고 말았다. 아버지는 지금 남북전쟁에 목사로 종군하고 있어서 가족 곁에 없다. 조가 필요 이상으로 씩씩하고 남자 같은 이유는 자신이 아버지를 대신해서 가족을 지켜야 한다고 생각하는 책임감 때문이리라.

장점이라고는 없고 예쁘지도 않은 『빨간 머리 앤』이나 강렬한 악녀 이야기로도 읽을 수 있는 『바람과 함께 사라지다』와 달리, 『작은 아씨들』은 한없이 '솔직하고 다정하며 착한 아이들'의 이야기다. 원래부터 충분히 착한 네 자매가 '더, 더 좋은 사람이 되어야 해, 다른 사람에게 도움이 되어야 해, 참아야 해!' 하며 날마다 고민하고 갈등하는 모습을 보면서 나도 모르게 고개가 수그러졌다. 하지만 역시 나는 건강하고 행복해 보이는 아가씨들을 생생하게 묘사하는 부분이 마음에 든다. 부잣집인 옆집에는 외로운 소년 로리가 산다. 로리를 문병하러 온 조는 자기 집에서 가져온 따스함과 분별 있는 감각으로 순식간에 그곳을 환하게 밝힌다.

> 병문안 온 조는 건강하고 발랄하며 조금도 주눅 들지 않은 모습이었다. 조는 한 손에는 뚜껑을 씌운 접시를 들고, 다른 한 손에는 베스가 준 새끼 고양이 세 마리를 안고 있었다.
>
> "자, 왔어. 영차." 조는 또랑또랑한 목소리로 말했다. "어머니가 안부를 전해달래. 내가 도움이 되면 기쁘겠다면서. 메그는 직접 만든 블라망제를 가져다주라고 했어. 정말 맛있어. 베스는 고양이라면 위

로가 된다고 생각했나 봐. 비웃을지도 모르겠지만 거절할 수가 있어야 말이지. 베스 나름대로 무척 고민한 선물일 테니까."

(…)

"별건 아냐. 그저 다들 저마다 너를 얼마나 아끼는지 표현하고 싶었을 뿐이야. 이건 차 마실 때까지 가정부에게 보관해달라고 해. 깔끔해서 입에 잘 맞을 거야. 부드러워서 목을 자극하지 않고 꿀떡 넘어가. 그런데 이 방은 참 아담하고 멋지다!"

"정리가 된다면 그럴 수도 있겠지만 가정부들은 게으름뱅이고 나는 나대로 어떻게 부탁해야 할지를 몰라서 말이야. 신경은 쓰이지만."

"나라면 이 분 만에 완벽히 정리할 수 있어. 난로 주변을 쓸기만 하면 되거든. 이것 봐, 이렇게. 벽난로 위에 있는 물건은 가지런히 놓고. 이것 봐, 책은 이쪽에, 병은 저쪽에. 소파는 전등을 등지게 해서, 베개는 약간 부풀려서. 자, 이걸로 끝."

정말 그랬다. 조는 웃고 떠들면서도 물건을 착착 정리해서 방을 몰라보게 깔끔하게 만들었다.

'남자가 되고 싶다'고 입버릇처럼 말하는 조는 작가가 꿈이다. 예술가가 되고 싶다기보다는 '글로 돈을 벌어서 집안 살림에 도움이 되겠다'는 것이 진짜 목표. 아버지를 위해 자랑거리였던 머리칼을 팔아버린 뒤 한밤중에 후회하며 울음을 터뜨리는 장면에서는 나까지 가슴이 미어졌다. 그것은 가족을 위해 평생 글을 쓴 루이자의 모습 그대로였다. 이번에 루이자의 일기를 읽으니 가족을 향한 깊은 애정에 이따금 독과 가시가 엿보여 오히려 조금 안심했다. 특히 존경할 만한 교육자이자 철학자였지만 가족을 부양할 능력이 없었던 아버지에게 루이자는 복잡한 감정을 품었던 듯하다.

『바람과 함께 사라지다』에서 스칼렛은 남존여비와 인종차별이 활개 치던 남부의 보수적인 부잣집 출신이다. 가문이 몰락해도 남자를 마음대로 조종하는 그녀이지만 결국 여자 친구의 후방 지원으로 살아남는다. 한편 자유를 사랑한 루이자는 독신과 자립을 관철했다. 그녀가 전 생애를 바친 일은 노예제 반대 운동, 부인 참정권 운동, 여권 획득 운동이었다. 남과 북으로 나뉘어 대조적으로 보이는 스칼렛, 그리고 루이자의 분신인 조. 이들은 또 어떤 면에서는 매우 닮았다. 가족을 지키기 위해 남자 역할을 해야 했던 '자랑스러운 딸'의 괴로움, 그리고 자기 힘으로 아버지를 거뜬히 뛰어넘은, 재능 있는 여성의 마력과 고독이 바로 그녀들의 공통분모이리라.

● 루이자 메이 올컷, 『작은 아씨들』, 공경희 옮김, 시공주니어, 2007
● 루이자 메이 올컷, 『작은 아씨들 1, 2』, 유수아 옮김, 펭귄클래식코리아, 2011
● 루이자 메이 올컷, 『작은 아씨들』, 우진주 옮김, 동서문화사, 2014
● 루이자 메이 올컷, 『작은 아씨들 1, 2』, 황소연 옮김, 비룡소, 2018

서서히 꽃피는 소녀의
반짝반짝 빛나는 하루하루

이 연재를 시작하고 벌써 몇 번째 찾아온 새해 첫날이다. 나는 도무지 깨우치지 못하는 사람이라 올해도 매년 그랬듯 '중용을 지키며 산들바람 같은' 사람이 되자고 다시금 맹세했다. 그런데 벌써부터 좌절의 예감이 든다. 내 업은 깊다……

개척민 일가를 그린 소설 『초원의 집』 시리즈는 소녀 시절에 자주 읽은 책이다. 메이플 시럽이나 돼지꼬리 요리 등을 묘사한 부분을 읽으며 군침을 흘렸고, 가구부터 장난감까지 뭐든 손으로 뚝딱 만들어내는 잉걸스 가족의 지혜에 매료됐다. 하지만 청춘 편인 6권 『기나긴 겨울』을 경계로 멀리하게 됐다. 재미없어서는 아니었다. 로라와 인물들이 맞닥뜨린, 몇 달씩 이어지는 맹렬한 눈보라가 연약한 어린아이였던 내게는 너무나 무섭게 다가왔기 때문이다. 꼼짝없이 갇힌 채 식량은 바닥을 보이기 시작하고 당연히 오락 거리도 없다. 검은 빵과 홍차만으로 인내하는 잉걸스 가족의 초인적인 모습에 어린 나는 압도되고 말았다.

8권 『눈부시게 행복한 시절』은 그로부터 꽤 시간이 흐른 뒤다. 열다섯 살이 된 로라는 실명한 언니 메리를 대학에 보내기 위해 집을 떠나서 교사가 된다. 하지만 하숙집 주인인 브루스터 부부는 사이가 나쁘고, 학생들은 도통 말을 듣지 않는다. 설상가상으로 로라가 조금씩 호감을 품기 시작한 앨먼조와 그녀 사이에 뻔뻔스럽게도 숙적 네리가 끼어든다.

고전 아동문학에서 흔히 보이는 뻔한 전개대로, 나는 당연히 로라가 브루스터 부부에게 미소를 되찾아주거나, 파격적인 방법으로 학생들을 길들이거나, 네리의 심술을 긍정의 힘으로 녹이리라 기대했다. 그러나 로라는 그들을 '어찌할 도리가 없는 일'로 여기며 적절한 거리를 두고, 그냥 자기 삶을 살아간다. 그들이 괴롭히지 않을 때까지 책잡히지 않으면서 가만히 기다리듯 끈질기게 버틴 끝에 결국 승리는 로라의 몫이 된다. 자기 패는 가급적 쓰지 않은 채 자기 영역을 확실히 지켜내는 방식은 아마도 자연의 맹위와 싸우는 아버지의 뒷모습을 바라보며 배운 것이리라. 쓸데없는 말을 하지 않는다, 헛된 에너지는 쓰지 않는다, 하지만 자존심도 잃지 않는다. 그런 로라를 '보통내기가 아닌 여자'로 치부한다면 너무도 고지식한 생각이다. 이런 여자가 인생의 반려자가 된다면 얼마나 든든하겠는가? 앨먼조가 네리와 급격히 가까워져도 평정을 잃지 않고, 그렇다고 저자 세로 나오지도 않고 의연하게 할 말을 하는 로라를 보면서 입이 다 물어지지 않았다. 로라의 매력은 '사랑받으려 애쓰는 모습'이 아니라 길들여지지 않은 야생마에게도 눈 하나 꿈쩍하지 않는, 흙냄새 풍기는 인간의 강인함이다.

활발하게 떠드는 네리와 비교하면 나는 꽤 재미없는 상대겠지, 하고 로라는 생각했다. 하지만 어느 쪽이 좋은지는 앨먼조가 정할 일이다. 로라는 제 손으로 앨먼조를 붙잡을 생각 따위는 없다. 그렇다고 다른 여자가 앨먼조의 눈을 피해서 서서히 자신을 따돌리는 것은 절대 용납할 수 없다.

집에 다다르자 앨먼조와 로라는 마차 옆에 내려섰다. 앨먼조가 말했다.

"다음 일요일에 또 가자."

"다 같이 가는 거라면 그만두죠." 로라는 대답했다. "만약 네리를 데려가고 싶다면 그렇게 해요. 하지만 나를 데리러 올 필요는 없어요. 그럼 잘 자요."

청혼을 받은 후 로라의 입에서 나온 배짱 두둑한 대답도 놀라웠다. 하지만 제목에서도 알 수 있듯이 이 작품은 한 소녀가 살아남으려 애쓰는 이야기가 아니다. 그저 원만하게 꽃피려는 소녀의 반짝이는 하루하루를 그려낸 소설이다. 인내의 끝에는 반드시 화창한 날이 기다리고 있다. 당연한 소리지만 날씨가 어떻든 기다리다 보면 태양은 반드시 고개를 내민다. 그러므로 로라는 맑은 날에는 아이로 돌아가서 즐기고, 행복할 때는 아무런 부끄러움 없이 그 안에 푹 잠긴다. 친구와 썰매를 타고, 파티에서 맛있는 음식을 먹고, 식구들과 노래를 부른다. 딱 봐도 생활에 충실한 모습이다. 맹학교盲學校에서 잠깐 귀가한 메리가 교육의 힘으로 자신감을 얻고 빛나듯, 가족이 깊이 만족하는 장면에서는 눈물이 차올랐다. 가족에게 부담을 지우고 있는 메리가 자책하지 않고 그들에게 받은 것을 완전히 흡수하여 쑥쑥 성장하는 모습도 좋다. 언니가 참석할 수 있는 시기가 아닌데도 다른 사정을 고려하여 재빨리 결혼식을 준비하는 로라와 메리 사이에 전혀 응어리가 없는 이유는, 그만큼 자매 사이에 오랜 시간 차곡차곡 쌓인 신뢰 관계가 빚어낸 결과이리라.

　대자연의 위협을 몸소 견뎌낸 로라와 같은 굳건함이 내게는 조금도 없다. 그렇지만 어떤 갈등도 이른바 대초원의 날씨처럼 받아들이고 '언젠가 끝나겠지. 언젠가 변하겠지' 생각하며 의젓하게 기다리는 버릇을 들이고 싶다. 그러면 모든 일에 관대할 수 있으리라.

●로라 잉걸스 와일더, 『초원의 집 8 눈부시게 행복한 시절』, 김석희 옮김, 비룡소, 2005

마음이 이끄는 방향으로
나아갈 수밖에

내가 서양 고전소설을 좋아하는 한 가지 이유는 등장인물의 '지나침' 때문이다. 화가 나면 상대방에게 장장 한 페이지에 걸쳐 할 말, 못 할 말 마구 퍼붓지 않나, 충격을 받으면 갑자기 기절해버리지 않나, 실연을 당하면 병으로 쓰러지지 않나, 하인에게 닥치는 대로 화풀이를 하지 않나, 욕심이나 증오 같은 감정을 몇 년이고 끈질기게 질질 끌지 않나. 생각해보면 지금보다 수명도 훨씬 짧았고 오락이나 선택지가 적었던 시대라 감정만이 유일한 이정표니, 민폐를 끼치더라도 그들은 그들 나름으로 마음 가는 대로 따를 수밖에 없었으리라. 언제든 제멋대로 행동할 수는 없는 우리로서는 조금 부럽기까지 하다. 지금 감각으로 보면 꽤 안타까운 인물들의 언행을 읽노라면 공감이나 격려와는 전혀 다른, 무감각해진

몸에 서서히 피가 도는 듯한 따스함이 뭉근히 끓어오른다.

이렇듯 소설 속 '지나친' 인물들은 자칫 타인에게 폐를 끼친다. 결과적으로 희생자를 가장 많이 낸 인물이 바로 『모비 딕』에 등장하는 에이해브 선장이리라. 상사로는 절대 만나고 싶지 않은 유형이다.

때는 19세기 중반. 바다를 동경하는 떠돌이 이슈마엘은 미국 동부 낸터킷 항에서 우연히 알게 된 '식인종(!!)' 퀴퀘그와 함께 포경선 피쿼드 호를 탄다. 언뜻 보기에는 카리스마 넘치는 선장인 에이해브는 과거에 모비 딕에게 한쪽 다리를 잃은 데 원한을 품고 복수를 다짐하는 인물이다. 그는 무슨 일이 있어도 모비 딕을 죽이겠다는, 완전히 개인적인 일에 선원 모두를 끌어들이는 괴물이다!

너무 극단적인 이야기지만 미국 영화나 드라마를 보노라면 등장인물이 지극히 당연한 듯 『모비 딕』 이야기를 꺼내거나 주저 없이 좋아하는 작품이라고 고백한다.

참고로 냉정하고 침착한 일등항해사 스타벅은 유일하게 에이해브를 지적하는 상식적인 인물이다. 유명한 카페 '스타벅스'가 그의 이름을 따서 지었다는 사실을 이 작품을 읽으며 처음 알았다.

힘차고 굵직한 오락 소설로 보이지만 진행은 더디기만 하다. 실제로 포경선을 타본 작가가 뭔가 새로운 항목이나 용어가 등장할 때마다 꼭 설명해야 한다는 듯 고래에 관한 자잘한 지식을 계속 끼워 넣기 때문이다. 그 기세와 지식의 양은 사카나 군('물고기 군'이라는 뜻. 일본에서 유명한 어류학자이자 방송인이다―옮긴이) 못지않다. 오히려 이야기가 덤인 것처럼 내용의 70퍼센트가 잡학이라 소설을 다 읽을 무렵이면 독자는 자연스레 고래 박사가 된다. 당시에 고래란 연료이자 식량이고 목재였다. 한마디로 바다를 유유히 헤엄치는 자원의 백화점이었다. 아직도 『모비 딕』이 많은 독자에게 읽히는 이유는 사료史料로서도 뛰어난 작품이기 때문이리라.

기억에 남는 고래에 관한 지식을 하나 소개할까 한다. 고래의 소화 능력은 꽤 복잡하다. 삼킨 음식물이 완전히 소화되지 않고 몸속에 머물기도 한다고. 그렇다면 『피노키오』에서 제페토 할아버지가 고래 배 속에서 살았다는 말도 100퍼센트 판타지가 아닐 수도 있겠다. 에이해브 선장의 증오가 엄청난 까닭은 어쩌면 뜯겨 나간 그의 한쪽 다리가 지금도 모비 딕의 배 속에 들어 있다고 생각하기 때문이 아닐까?

피쿼드 호 선원들은 수많은 고래를 잡아 배에서 해체해서 기름으로 만들고 식량과 연료 삼아 앞으로 나아간다. 지나가는 다른 배와 교류하며 모비 딕에 관한 정보를 모으는데, 모비 딕에게 가까워질수록 스타벅의 불안은 서서히 커져간다. 그는 이런 생각까지 하게 된다. '에이해브만 없다면…….'

나이 탓인지 줄곧 화로 앞을 떠날 줄 모르는 대장장이 퍼스는 온몸에 화상 자국이 있다. 그의 초연한 모습을 보고 에이해브가 묻는다.

좋아, 이제 됐어. 자네의 작고 떨리는 목소리는 너무 침착해서 지나치게 진지한 고민을 하게 만들지. 나라고 천국에 있는 건 아닐세. 다른 사람이 미치거나 비참해지는 모습을 보면 안절부절못해. 이봐, 대장장이. 자네는 진작 미쳤어야 해. 그런데 왜 안 미치는 거지? 어째서 미치지 않고 견딜 수 있는 거지? 하늘이 아직 자네를 미워하기 때문인가? 자네, 거기서 대체 뭘 만들고 있나?

독자로서는 선원들을 위해 필사적으로 에이해브를 말리려는 스타벅에게 감정이입하기 마련이다. 하지만 에이해브는 에이해브대로 '적당히'를 모른다. 결국 사랑에 빠지듯 에이해브의 한결같은 광기에 빠져들어 모두 운명을 같이하게 된다.

실제로 모비 딕이 등장하는 것은 긴긴 이야기의 마지막 부분이다. 그야말로 게임의 '끝판왕'처럼 모습을 드러낸다. 그 압도적인 몸집, 한순간에 이야기를 끝내버리는 사나움은 우리가 날마다 직면하지만 도저히 어쩌지 못하는 것들을 상징하는지도 모른다.

인간이란 자고로 누구에게도 폐를 끼치지 않고 절도를 지키며 살아야 한다. 하지만 어느 시대든 마음이 이끄는 방향으로 나아갈 수밖에 없는 것 또한 인간이라는 존재가 아닐까?

● 허먼 멜빌, 『백경』, 정광섭 옮김, 홍신문화사, 2011
● 허먼 멜빌, 『모비 딕』, 김석희 옮김, 작가정신, 2011
● 허먼 멜빌, 『모비 딕 상, 하』, 강수정 옮김, 열린책들, 2013

몇 번이고 다시
태어날 수 있는 존재

나를 비롯해 주변에 있는 삼사십 대 여성들이 하나같이 한 여배우에게 푹 빠져 있다. 그렇다, 제88회 아카데미상에서 〈캐롤〉(토드 케인즈 감독, 2015)로 여우주연상 후보에 올라 화제가 된 케이트 블란쳇이다! 패션광이건 영화광이건 입만 열면 '케이트, 케이트'를 외친다. 새하얀 피부, 총명해 보이는 갸름한 얼굴, 장난기가 어리지만 진실해 보이는 푸른 눈동자, 관능적이면서도 늠름하고 믿음직한 외모. 더불어 인터뷰 등에서 엿본 그녀의 내면은 누구보다 성숙하고 다정하며 지성미가 넘쳐흐른다.

영화에서 케이트가 바른 매니큐어 색(산호색)을 나도 따라 발라봤다. 그리고 당장 원작 소설 『캐롤』을 인터넷으로 주문했는데…… 케이트의 인기 탓인지 계속

품절이다. 이렇게 주문이 힘들기는 처음이었다.

케이트처럼 매혹적인 여배우가 스포트라이트를 받는 요즘에는 여자가 여자를 사랑하는 마음에 대한 이해도 꽤 깊어진 듯하다. 하지만 퍼트리샤 하이스미스가 『캐롤』을 쓴 1950년대는 지금과는 딴판이었다.

때는 크리스마스 직전, 백화점의 장난감 매장 점원인 테레즈는 일이 지긋지긋하다. 그녀의 꿈은 무대미술가이지만 미래가 어둡기만 하다. 애인 리처드가 있지만 그와 함께 어디를 가도, 무엇을 해도 석연치 않다. 테레즈는 야무지고 조용한 성격이지만 가족과의 유대가 희박한 탓에 사실은 누군가에게 확 매달리고 싶은 쓸쓸한 마음도 있다. 그런 그녀가 모피 코트를 입은 아름다운 손님 캐롤과 시선이 마주치는 순간, 모든 것이 달라진다.

> 여자 손님을 바라보자 그 오묘한 감각이 돌아왔다. 전에도 어딘가에서 만난 듯한 느낌, 당장이라도 자신이 누구인지 밝히지 않을까 하는 기대감. 그리고 두 사람은 '아아, 그랬지' 하며 서로에게 미소를 지으리라.

테레즈와 캐롤은 급속도로 가까워지고 서로의 영역을 넘나든다. 남부러울 것 없이 우아한 사모님 같은 캐롤은 사실은 이혼 조정 중이며 남편에게 딸을 빼앗길 수도 있는 상황이다. 하지만 테레즈와 캐롤의 시간은 언제나 충만하다. 캐롤의 조언과 견해를 접할 때마다 테레즈의 세계는 넓어진다.

인간은 원래 자꾸만 변하는 법이고 또 변해도 되는 거라고, 캐롤은 테레즈에게 태도로 보여준다. 관계성에만 마음을 빼앗겨 방심한 나머지, 상대의 마음이 흐르는 것을 받아들이지 못하고 변화를 거부하다 보면 결국은 일방통행만을 요구하게 된다. 테레즈의 연인 리처드를 비롯한 남자들이 두 사람 뒤로 멀어져가는 이유는 그들이 동성애를 이해하지 못하기 때문만도, 여성을 무시하기 때문만도 아니다. 변화와 성장을 절대로 받아들일 수 없도록 사회에 완전히 길들여졌기 때문이리라. 그들과는 반대로 여자들의 우정에서 시작해 연애 관계를 거쳐 캐롤을 누구보다 이해하게 된 애비는 유연성의 상징이다. 캐롤은 편지에 이렇게 썼다.

하지만 내가 입에 담지 않은 가장 중요한 것, 그 자리에 있던 누구도 생각하지 않은 사실이 있어. 그건 남자들 또는 여자들끼리 느끼는 절대적 공감이 남녀 사이에서는 결코 생겨나지 않는 감정이라는 거야. 또 세상에는 절대적 공감만을 원하는 이가 있는가 하면, 남녀 사이의 보다 불확실하고 애매한 감정을 바라는 이도 있지.

완벽하고 어른스러운 여인 캐롤은 아무것도 아닌, 그저 여자일 뿐인 테레즈에게 왜 이토록 끌려서 엄청난 희생을 치르는 걸까. 수

많은 힌트가 여기저기 흩뿌려져 있지만, 독자들은 마지막 장에서야 비로소 캐롤의 눈에 비친 테레즈를 확실히 본다. 테레즈의 정체는 과연 무엇일까?

독자도 누군가가 자기 눈앞에 거울을 들이댄 기분이리라. 거울에 비친, 상상도 못 할 가능성으로 가득 찬 모습을 보고서 깜짝 놀라 숨을 죽이게 되리라. 그리고 이내 손끝에서부터 서서히 삶의 에너지가 끓어오르리라. 설사 운명적인 사랑을 만나지 못했더라도 여자는 언제든, 몇 번이건 다시 태어날 수 있는 존재니까.

●퍼트리샤 하이스미스, 『캐롤』, 김미정 옮김, 그책, 2016

오늘을 무사히 살아내며
자신을 구하는 방법

『분노의 포도The Grapes of Wrath』존 스타인벡John Ernst Steinbeck, 1902~1968

나는 미래에 대해 이리저리 생각하며 고민하는 성격이다. 얼마 전에도 늘 하던 대로 카페에서 이십 년 지기를 만나 미래에 대한 불안을 늘어놓았다. 올해로 서른다섯이다. 내 역량도 슬슬 한계를 보이기 시작했고, 일본 사회는 여전히 변할 기미조차 없이 갑갑할 뿐이다. 무엇보다 마음만으로는 도저히 막을 수 없는 체력 저하도 절실히 느껴진다. 십 년 뒤에 우리는 어떻게 될까? 친구와 둘이서 머리를 맞대고 끙끙거리다가 퍼뜩 깨달았다.

"어라, 그런데 우리는 스물다섯 살에도 이렇게 초조해하지 않았니?"

그러고 보니 그렇다. 스물다섯이라니 어린애처럼 반짝반짝 빛나는 가능성의 덩어리가 아닌가! 그때의 불안함 따위, 지금 생각하면 하찮기 그지없다. 오히려 초조해하지 말고 그 젊음과 반짝임을 여유롭게 만끽할걸! 아마 서른다섯의 고민도 마흔다섯에는 사소한 일이겠지. 아직 일어나지도 않은 일을 생각하며 골치 아파하기보다는 지금 이 순간에 오롯이 집중하고 지혜를 발휘하여 오늘을 무사히 살아낸다면 일단 좋은 일이 아니겠는가. 하지만 어느새 온갖 정보와 잡음에 휘둘리다 보면 나도 모르게 독선에 빠져서 그런 당연한 사실조차 잊어버린다.

존 스타인벡의 『분노의 포도』는 1930년대에 기계화와 모래 폭풍 때문에 오클라호마 농지를 버린 대가족이 전 재산을 고물 트럭에 싣고 일거리를 찾아 캘리포니아로 떠나는 이야기다. 66번 도로를 따라 흔들거리며 나아가는 그들을 기다리는 것은 긴장감 넘치는 캠프 생활, 그리고 농민 출신 빈민들이 도시에 흘러들어 스스로 더 싼 임금을 제시하면서 날품팔이 자리를 서로 뺏고 빼앗기는, 결코 남 이야기가 아닌 암흑사회다. 여행길은 끝이 보이지 않는다. 먹을거리도 잠자리도 변변하지 않다. 그러나 그들은 절대 뒤돌아보지 않는다. 아니, 돌아보면 정말로 모든 것이 멈춰버려 자칫하면 사람이 죽는 극한의 상황을 살아가고 있다. 그런 가족의 정신적인 지주는 현재 가석방 중이며 툭하면 싸우려 드는데도 희한하게 카리스마가 있는 장남 톰과 가족들을 따뜻하게 돌보는 '어머니'다.

누군가가 이미 한 말일지도 모르지만 제88회 아카데미상 여섯 부문을 석권한 〈매드 맥스 : 분노의 도로〉와 겹치는 부분이 많아서 놀랐다. 〈매드 맥스〉의 배경은 22세기의 사막화된 세계이다. 거대 악,

카 체이스car chase를 벌이는 여성들, 이에 합류하는 전직 경찰의 활약이 그려진다. 환경 파괴, 부유층의 자본 독점, 착취당하는 민중, 기아와 모래 먼지, 여성 찬가, 임부와 노인을 태운 죽음의 드라이브, 모든 것과 맞바꾸며 꿈꾸던 낙원은 환영일 뿐이라는 사실, 금세 또다시 출발해야 하는 상황, 그리고 '모유'가 큰 역할을 한다는 것 등이 두 작품의 공통점이다. 그러니 지금 읽어도 전혀 낡았다는 느낌 없이 빠져든다. 심지어 아주 조금은 미래를 고스란히 그리는 듯한, 날이 선 본격 스펙터클 소설이다.

"어떻게 그런 말을 하지?" 존 삼촌이 덤벼들었다. "모든 게 다 멈춰버리는 사태를 대체 뭐가 막아준다는 거야? 한 사람도 안 남고 몽땅지쳐서 쓰러지는 사태를 대체 뭐가 막아준다는 거냐고?"

어머니는 반질반질한 검은 손등을 다른 손으로 쓰다듬으며 잠시 생각에 잠기더니 두 손으로 깍지를 꼈다. "적당한 말이 떠오르지 않네요." 어머니가 입을 열었다. "우리가 하는 일들은 결국 삶을 계속 이어가기 위함이라는 생각이 들어요. 애초에 그렇게 정해진 길이랄까요? 굶주림조차, 병들거나 죽는 일조차 주위 사람을 거칠고 강하게 만들죠. 그날 하루를 어떻게든 살아가려 애쓰는 거죠."

존 삼촌이 말했다. "그때 아내가 죽지 않았더라면."

"그날 하루만 살아갈 뿐이에요." 어머니는 말했다. "너무 애달파하지 마세요."

이야기는 가혹하지만, 신기하게도 속 시원하고 책장을 넘길수록 에너지가 생겼다. 아마도 재치 넘치는 대화, 보잘것없는 재료로 궁리하여 만드는 소울 푸드soul food(미국 남부 흑인들의 전통 요리), 아무리 힘든 상황이라도 곤란한 사람에게 반드시 손을 내미는 이 가족의 한결같은 태도 덕분이리라. 당장 내일을 장담할 수 없는 팍팍한 삶 속에서도 톰의 남동생 알은 '육식남'의 매력으로 인기를 한 몸에 받는다. 축하할 일이 생기면 집에 있는 식재료를 모아서 앞날을 걱정하지 않고 모두 모여서 제대로 즐긴다.

이야기의 막바지에 다다르면 밑바닥에 놓인 듯 보이는 이 가족으로부터 커다란 가르침을 얻게 된다. 서로 돕는 것, 그리고 나누는 것이 세상뿐만 아니라 자기 자신도 구한다는 사실을. 앞만 바라보며 나아가야 하는 상황에서 갖춰야 할 덕목은 강인함이 아니라 사실은 따뜻함과 자애임을 깨닫는다.

● 존 스타인벡, 『분노의 포도 상, 하』, 전형기 옮김, 범우사, 1998
● 존 스타인벡, 『분노의 포도 1, 2』, 김승욱 옮김, 민음사, 2008

상류사회의 까다로운 규칙은
무엇을 지키는가?

서른 중반에 접어드니 갑자기 주위에서 결혼할 남자 좀 소개해달라는 부탁을 많이 받는다. 도움이 되고 싶은 마음이야 굴뚝같지만 원체 이성 친구가 없다 보니 곤란하다. 아니, 무엇보다 내게는 중매인으로서 갖춰야 할 분별이 부족하다. '이 사람과 저 사람은 천생연분이야!'라고 감이 딱 오는 능력은 인생 경험이 제법 풍부해야 생기는 걸까? 친구들은 하나같이 마음에 드는 사람이 없다며 고민한다. 나도 안다. '어쩌다 보니 나도 모르게 예식장에 서 있더라'가 허용되지 않는 시대의 갑갑함이 달달하고 애매한 분위기를 좀처럼 용인하지 않기 때문일까? 아니면 애초에 만남이 이루어지는 장이라는 것이 엄격한 '감점법'에 지배받기 때문일까?

물론 시대 탓만 할 수는 없다. 『순수의 시대』의 무대인 1870년대 뉴욕 사교계도 사랑을 찾기 힘든 환경이었다. 명문가의 문제아인 엘렌 올렌스카 백작부인이 남편 곁을 도망쳐 유럽에서 돌아오는 장면부터 이야기는 시작된다. 변호사인 아처는 엘렌이 약혼자 메이의 사촌이기에 그녀의 복잡한 상황을 해결해주려고 나서지만 당시 사교계에서 이혼은 금기의 스캔들이다. (『주홍 글자』를 읽을 때도 생각했지만 미국 문학을 읽노라면 장소가 달라지거나 십 년 단위의 시간 차이로도 정의의 개념이 확확 바뀐다. 무심코 남을 비난하는 것이 얼마나 무의미한지 절실히 느낀다.) 세상의 손가락질에서 엘렌을 지켜주려 하는 동안 아처는 그녀의 매력에 끌리기 시작하지만, 그가 사는 좁은 세계에서는 물론 용인될 수 없는 일……

아아, 상류층의 규칙은 너무나도 까다롭다! 패션부터 교제에 이르기까지 정답은 딱 하나. 거기서 1밀리미터라도 벗어나면 바로 퇴장이다. 무엇을 하든 먼저, 자리보전하고 누워 있는 최고 권력자인 할머님에게 여쭤봐야 한다. 디저트는 반드시 따뜻한 것과 차가운 것을 같이 먹어야 한다, 파리에서 산 최신 유행의 옷은 한 시즌은 묵혀야 천박해 보이지 않는다 같은 규칙에 사로잡힌 채 살아간다. 속물 같은 생활 방식이지만 그런 세계와 전혀 상관없는 입장에서 보자면 사실 설레는 것도 사실이다.

그렇기에 문학 클럽과 이국적인 레스토랑이 즐비한 뉴욕은 맨 처음에는 만화경처럼 화려해 보일지라도 결국은 5번가를 떠다니는 원

자보다 작고 무늬도 훨씬 단조로운 상자에 지나지 않는다는 사실을
깨닫는 것이다.

엘렌과는 정반대인 인기녀 메이를 차지한 만큼 아처는 죽는 날까
지 안락한 삶을 보장받는다. 현대 일본으로 말하자면, 젊고 예쁘고
똑똑한데도 자기주장을 하지 않는 메이는 누가 봐도 사랑스럽다. 학
교에서든 일터에서든 잘 처신하니 연예인 신붓감으로도 손색없을
인물이다. 거참, 사회가 제시하는 바람직한 여성상은 어느 시대든
변하지 않는다.

하지만 메이가 따분한 우등생만은 아니라는 것이 이 작품의 묘미
다. 나는 순수한 척하는 메이의 오만함을 사랑한다. 상류사회의 단
조로운 관례에 반발심이 있는 아처도 그 사회가 지닌 서늘하고 불투
명한 매력에는 완벽히 저항하지 못한다. 오히려 자처해서 상류사회
에 편승하고자 한다. 심지어 메이의 장점을 존경하기까지 한다. 엘
렌은 자유롭고 풍요로운 정신을 지니긴 했지만 무엇에도 개의치 않
을 만큼 강인한 여자는 아니다. 자신을 내팽개친 세계에 애착도 미
련도 있다. 그리고 어디에도 자기 자리가 없다는 쓸쓸함에 괴로워하
면서 남자에게 확 기대기도 한다. 이렇듯 그들이 놓인 세계의 명확
한 규칙과는 달리, 이 삼각관계에 올바른 도리는 없다. 그야말로 모
두가 만화경 같은 다면체다.

아처와 엘렌은 플라토닉에 가까운 사랑을 키워간다. 다른 사람의

눈을 피해 메트로폴리탄 미술관의 세스놀라 고대유물실에서 데이트하는 장면은 특히 낭만적이다. 두 사람을 갈라놓는 상류사회, 그것을 상징하는 메이가 완전한 악으로 그려지지 않는 점이 이 작품의 훌륭함이다. 촌스럽고 인간성을 무시하는 무의미한 규칙이기는 하지만, 그 시대에 남겨진 채 언젠가는 영원히 사라질 그것들은 어딘지 모르게 달콤하고 슬픈 향기를 자아낸다.

어떻게 하면 천생연분을 만날 수 있을까? 나로서는 도저히 모르겠다. 다만 이 이야기의 결말을 읽으면 확률이나 규칙과 가장 멀찍이 떨어진 곳에서 찾을 수 있지 않을까 하는 생각은 든다.

● 이디스 워튼, 『순수의 시대』, 송은주 옮김, 민음사, 2008
● 이디스 워튼, 『순수의 시대』, 고정아 옮김, 열린책들, 2009
● 이디스 워튼, 『순수의 시대』, 이미선 옮김, 문예출판사, 2010
● 이디스 워튼, 『순수의 시대』, 김애주 옮김, 펭귄클래식코리아, 2015

우리 곁을 지켜주는
오직 한 사람

처음부터 연예인 이야기라 TV를 잘 보지 않는 분은 당황스러울지도 모르겠다. 요즘 개그맨 콤비인 오리엔탈 라디오(나카타 아쓰히코와 후지모리 신고)를 중심으로 결성된 유닛 '라디오 피시RADIO FISH'의 노래 〈퍼펙트 휴먼PERFECT HUMAN〉이 인기다. 간단히 말하자면 오리엔탈 라디오가 일본에서 한 시절을 풍미하게 해준 '부유덴武勇伝('무용담'을 뜻하는 일본어. 오리엔탈 라디오의 대표적인 개그 소재―옮긴이)'의 연장선으로 보이는 노래다. 후지모리가 나카타를 무조건 과장해서 칭찬하는 내용으로 노래하면 나카타는 아무렇지 않은 표정으로 그 가사에 리듬을 실어 춤을 춘다.

사실 너무도 멋진데 그 모습에 결국 웃음을 터뜨리고 마는 이유는 뭘까? 오리엔탈 라디오가 지금까지 부침을 거듭해온 팀이라는 사실이야 잘 알려진 바다. 내성적인 나카타와 외향적인 후지모리, 성격은 딴판이지만 둘 다 어쩐지 고생 모르고 자란 도련님 같아서 오만불손하게 행동하는 것 같아도 절대로 선을 넘지는 않는다. 이를테면 '상식 있는 사람의 비애'랄까, 그런 느낌을 자아낸다.

〈퍼펙트 휴먼〉뮤직비디오를 보면서 나는 배꼽을 잡고 말았다. 저건 영화 〈위대한 개츠비〉(바즈 루어만 감독, 레오나르도 디카프리오 주연)에 나오는 파티 장면과 꼭 닮은 구성이 아닌가! 불꽃을 쏘아 올린 장면을 배경으로 서서히 뒤돌아보는 나카타, 그런 그에게 점점 매료되는 후지모리. 미녀와 수영장, 반짝이는 빛에 둘러싸인 채 밤새도록 성 같은 저택에서 춤추는 두 사람……

한바탕 웃고 난 다음에는 마치 뮤직비디오를 보는 듯한 완성도에 혀를 내두르지 않을 수 없었다. 오리엔탈 라디오의 실패 없는 개그는 다른 사람은 좀처럼 이해 못 할 남자의 아름다움을 그저 절친한 친구 한 사람이 과하게 칭찬하는 구도다. 이것은 정말 프랜시스 스콧 피츠제럴드의 소설 『위대한 개츠비』자체라 해도 좋았다.

경기 호황으로 들끓는 1920년대 뉴욕. 증권회사에 근무하는 닉은 사촌의 아내인 데이지를 몰래 사모하는 대부호 개츠비의 찬란하고 호화로운 파티에 초대된다. 닉은 신비스러우면서도 미워할 수 없는 매력을 지닌 개츠비에게 호감을 느끼고 가까워진다. 개츠비는 데이지가 자신을 바라보기만을 바라며 거짓 경력을 만들고, 밤이면 밤마다 파티를 열며 비극을 향해 치닫는다.

　개츠비는 조금도 화려하지 않다. 무엇으로 호소해도 가닿지 못하는, 저 멀리 떠 있는 데이지를 미화하며 집착하다가 결국 내쳐진다. 그의 행동은 차마 '안타깝다'는 말로도 위로할 수 없을 정도로 보기 안됐다. 주변 사람에게도 민폐를 끼친다. 아무리 어마어마하게 사치를 부리고 우아하게 행동해도 근본을 결코 숨기지 못하는 대목에서는 나도 모르게 눈길을 돌리고 싶어진다. 그래서 개츠비를 마음껏 휘두르다가 마지막에는 손을 뿌리치는 데이지에게 '저 여자, 정말 너무하네!'라고 화낼 수가 없다. 안팎을 모두 보고 나서 개츠비의 장점을 이해하는 사람은 오직 닉 한 사람뿐이다. 애정으로 가득한 닉의 시선을 통해 이야기가 전개되기에 개츠비의 일방적인 사랑이 서툴러서 어쩔 줄 모르는 것으로, 순수한 짝사랑으로 받아들여지는지도 모른다.

　　그저 한 사람, 개츠비, 이 책에 그 이름을 올린 이 남자만은 예외였다. 그에게는 나도 이러한 반발을 느끼지 않았다. 개츠비, 내가 진심으로 경멸하는 모든 것을 한 몸에 체현하고 있는 남자. 만약 끊임없이 이어진 일련의 모든 연기를 개성이라고 말해도 좋다면 개츠비라는 인간에게는 일종의 현란한 개성이 있었다. 인생의 희망에 대한 고감도 감수성이랄까. 1만 마일은 떨어진 곳의 지진조차 기록할 수 있는 복잡한 기계 같은 느낌이다. 하지만 이 민감성은 '창조적 기질'이라는 멋들어진 수식이 붙는 연약한 감수성의 예민함과는 무관했다. 그것은 희망을 발견하는 비범한 재능이자, 내가 다른 사람 안에서는 지금껏 본 적이 없으며 앞으로도 두 번 다시 발견할 수 없을 낭만적인 감성이었다. 그렇다, 마지막으로 치닫게 되고 보니 개츠비에게는 아무런 문제도 없었던 것이다.

〈퍼펙트 휴먼〉에서 칭찬받는 오리엔탈 라디오의 나카타는 그야말로 신과 같은 존재다. 현실의 나카타는 감각 있는 자학적 소재나 시청자의 입장에서 공감을 꾀하는 현실감 있는 개그맨이다. 그런데 후지모리를 상대할 때는 한없이 자신감 넘치고 두려움이라고는 모르는 파천황이 된다. 실제로도 불굴의 정신으로 버틴 그들은 여러 번 큰 인기를 끌었다. 나카타와 후지모리야말로 닉 앞에서 과거를 되돌리겠노라고 선언한 뒤 초록색 불빛을 바라보던 개츠비 자체가 아닌가! 사실 우리를 빛내주는 것은 재산이나 카리스마가 아닐지도 모르겠다. 그저 언제나 옆에서 나를 지켜봐주는 단 한 사람. 결국은 그것뿐이라는 생각을 하게 만드는 작품이다.

● 프랜시스 스콧 피츠제럴드, 『위대한 개츠비』, 김영하 옮김, 문학동네, 2009
● 프랜시스 스콧 피츠제럴드, 『위대한 개츠비』, 김욱동 옮김, 민음사, 2010
● 프랜시스 스콧 피츠제럴드, 『위대한 개츠비』, 한애경 옮김, 열린책들, 2011
● 프랜시스 스콧 피츠제럴드, 『위대한 개츠비』, 김태우 옮김, 을유문화사, 2011
● 프랜시스 스콧 피츠제럴드, 『위대한 개츠비』, 김석희 옮김, 열림원, 2013

도망칠 수 없는
일상의 빛

가족들과 미국으로 여행을 떠났다. 이참에 내가 오랫동안 동경하던 꿈을 이루었다. 그것은 바로 쇠락한 느낌의 작은 식당, 이른바 '다이너diner'에서 식사하는 것이었다. 내가 시킨 음식은 할리우드 영화에서 친숙한 미트볼 스파게티와 치킨 수프, 그리고 뉴욕치즈케이크에 스트로베리 소스를 곁들였다. 홍차를 주문하자, 이 또한 영화에 나오는 대로 퉁명스러운 오십 대 웨이트리스가 머그잔에 든 뜨거운 물과 티백을 툭 내려놓는다. 파스타는 너무 익혀서 흐물흐물, 넋이 빠져 있다. 토마토 소스는 어디를 봐도 토마토 통조림이었다. 미트볼은 고기가 씹히는 느낌은 전혀 없이 뭉글뭉글한 식감에 아무 향도 없는 경단이다. 치킨 수프에 든 마카로니는 퉁퉁 불은 채 묽은 국물 속을 떠다니고, 치즈케이크는 세

숫대야만 해서 셋이서 다 먹을 수도 없었다. 식구들은 툴툴거렸지만 나는 대만족이었다. 이렇게 푸대접 받는 느낌이나 나른하게 맥 빠진 느낌이 바로 내가 사랑하는 미국 소설의 일부분이니까.

『포스트맨은 벨을 두 번 울린다』의 무대가 바로 이런 분위기의 다이너다(본문에는 '샌드위치 식당'이라고 되어 있지만). 처음부터 끝까지 등장인물들이 하나같이 건성건성이다. 그래서 독자까지 내동댕이쳐지는 것만 같다. 그래서 나는 이 소설을 나른한 분위기가 감도는, 이른바 '다이너 소설'의 고전이라고 생각한다.

떠돌이 청년 프랭크는 그리스인 닉의 가게에 돈도 없이 불쑥 들어와서는 '오렌지 주스, 콘플레이크, 달걀 프라이에 베이컨, 엔칠라다, 팬케이크와 커피'를 주문한다. 닉의 아내인 코라에게 반한 프랭크는 가게에서 일해보지 않겠느냐는 제안을 곧바로 수락한다. 둘은 순식간에 불륜에 빠져 닉을 죽일 계획을 짠다. 이 작품이 나온 시기는 대공황 시대인 1934년, 무대는 캘리포니아다. 앞에서 소개한 『분노의 포도』와 시대도 장소도 거의 같은데, 그쪽의 부글부글 끓는 열정과 분노는 온데간데없다. 일단 프랭크도 코라도 '될 대로 되라는 식'에 매사 '대충대충'이고 '엉성'하다. 두 사람이 꾀하는 살인도 여러모로 너무 어설프다. 이것을 완전범죄라 한다면 완전범죄에 실례다. 그래서인지 두 사람은 메모는 부지런히 하지만, 어딘지 모르게 건성이고, 위기감이라고는 없으며, 티격태격하다가도 눈앞에 벌어진 일이 즐거우면 금세 화해한다. 노력하면 꿈은 이루어진다는 낙관

적 아메리칸드림과는 정반대로 나아가는 커플이다. 프랭크는 아무 것도 결정하지 않고 마지막까지 갈팡질팡 어수선하다. 모든 것을 적당히 넘겨온 결과, 그는 엄청난 운명을 떠맡게 된다. 그가 코라의 진가를 깨닫는 것은 마지막 부분에 이르러서다.

맥코널 신부는 나에게 새로운 생이 있다고 말했다. 나는 코라가 보고 싶다. 코라와 내가 나눈 이야기는 모두 진짜였다는 걸, 일부러 그런 건 아니라는 사실을 그녀가 알아줬으면 한다. 그녀의 어떤 점이 나에게 이런 마음을 불러일으키는 것일까? 모르겠다. 그녀는 뭔가를 원했고, 손에 넣으려 했다. 몹시 바보스러운 방법이었지만 가지고 싶어 했다. 나라는 남자를 잘 알면서도 왜 나에게 그런 감정을 가졌는지 알 수 없다. 심지어 그녀는 나더러 구제 불능이라고 말하기도 했으면서. 나는 무언가를 가지고 싶은 적이 단 한 번도 없었지만 그녀만큼은 차지하고 싶었다. 하지만 그것은 작지 않았다. 한 여자의 존재가 그토록 큰 것만으로도 흔하지 않은 일이리라.

될 대로 되라는 식으로 살았던 코라 안에서도 희미한 불꽃은 발견된다. 그녀는 고등학교 미인 대회에서 우승한 후 여배우를 꿈꾸던 시절이 있는 모양이다. 빼어난 미모로 남자 마음을 숱하게 흔들기도 했다. 하지만 "이 주 지나니까 내가 좁아터진 싸구려 식당에서 일하고 있더라?" 하고 말하는 그녀에게 프랭크는 함께 달아나자고 제안한다. "세상은 넓어. 어디라도 가고 싶은 곳에 가면 돼." 코라는 그 제 안을 딱 잘라 거절한다. "그렇게는 안 해. 우리가 있어야 할 곳은 싸 구려 식당이야." 여기에서 말하는 싸구려 식당이 바로 다이너가 아 닐까? 다이너는 코라에게는 도망칠 수 없는 일상의 상징인 것이다.

코라가 그리던 풍경은 마치 꿈처럼 형형색색 빛난다. 그들이 매 사 대충이었던 까닭은 자신들의 바람이 이루어지지 않으리라는 것 을 둘 다 처음부터 잘 알았기 때문이리라. 그렇게 힘 빠지고, 나른하 고, 칠칠치 못하기에 그들의 매력은 오히려 강하게 다가온다. 꿈꾸 는 것은 좋은 일이고 꿈이 이루어지지 않는 것은 슬픈 일이라는, 혹 은 맛있는 것은 선이고 맛없는 것은 악이라는 단순한 이원론을 때려 부수는 그 매력은 적막하면서도 어딘지 모르게 밝은 작은 식당만이 지니는 깊은 반짝임과 같은 것이다.

●제임스 M. 케인, 『포스트맨은 벨을 두 번 울린다』, 이만식 옮김, 민음사, 2008

이루지 못한 꿈들이
얼어붙어 있는 시공

이 원고를 쓰는 지금, 바깥은 기온이 40도 가까이 올라서 무더위가 기승을 부리고 있다. 대낮에는 외출하지 않는 편이 좋다는 걸 알면서도 자꾸만 용건을 만들어 바깥으로 나간다. 여름에 태어난 까닭인지 이 계절이 되면 불꽃놀이, 아이스 캔디, 수영장을 오롯이 만끽하고 싶은 나머지 늘 들떠서 마음이 바짝바짝 타들어간다. 어릴 때부터 그랬다.

그런데 삼십 대 중반이 되어서야 비로소 마지막이 지니는 쓸쓸함도 좋다는 사실을 깨달았다. 아스팔트에 툭 떨어진 해바라기 꽃, 모두들 집에 돌아가고 텅 빈 초등학교, 불꽃이 쏘아 올려진 뒤 화약 냄새가 길게 퍼지는 어둠 같은 것들. 예전에는 너무 슬퍼서 외면하던 단편조차 손에 들고 바라보다가 문득 입에 넣어보고 싶어진다. 폐허를 보며 감동을 느끼는 사람들도 어쩌면 이런 기분이 아닐까. 화려한 시절을 회상하기도 하고, 빛바랜 세월을 상상하면서 이야기를 짓기도 하고.

트루먼 커포티의 첫 장편소설 『다른 목소리, 다른 방』은 여름의 끝에 찔끔찔끔 읽는 편이 더 어울릴지도 모른다. 둔탁한 색으로 빛나는 중층적 표현이 많으므로 천천히 마른오징어를 씹듯이 음미하기를 권한다.

배경은 미국 남부. 사춘기 문턱에 선 소년 조엘은 만난 적 없는 아버지를 만나러 '랜딩'이라 불리는 저택을 찾아간다. 불길한 소리로 가득한 그곳은 글자 그대로 매일 조금씩 땅속으로 가라앉고 있다. 조엘을 기다리는 이들은 아버지의 새 부인이자 자신이 아직 유명 인사인 줄 아는 신경질적인 여자 에이미, 칠칠치 못한 기모노 차림으로 매일 술을 마시며 어슬렁거리는 통통한 남자 랜돌프(만년의 커포티를 방불케 한다), 눈을 동경하는 '주'라는 이름의 흑인 하녀와 그녀의 나이 많은 아버지, 폐허가 된 호텔을 지키는 은자 리틀 선샤인이다. 이야기 중반까지 독자는 조엘과 같은 시선으로 바라볼 수밖에 없다. 그러면 왠지 불안하고 뒤숭숭한 마음이 자연스레 들 터이다. 아버지는 저택 어딘가에 있을 텐데 누구도 만나게 해줄 생각을 하지 않는다. 아니, 사실 누구에게 말을 걸어도 말이 통하지 않는달까, 대화가 어긋나기만 한다. 왠지 나쁜 꿈이라도 꾸는 것 같다. 그런 점에서 『이상한 나라의 앨리스』를 연상시킨다. 도대체 무엇을 위해 불려

온 것인지, 자신이 어떤 사람으로 인식되는지 알 수가 없어서 불안한 나날을 보내는 조엘에게 미지의 여자가 보이지 않나, 갑자기 빨간 공이 데굴데굴 굴러오지 않나.

에, 혹시 여기에 사는 사람들 모두가 귀신 아니야?

이야기 전체의 스포일러는 아니라고 생각하고 말해버리겠다. 조엘의 눈에 어른들이 이상하게 보인 데는 제대로 된 이유가 있다. 그들은 모두 이루지 못한 꿈을 놓지 못해서 멈춰진 시간 속을 살아간다. 조엘은 나중에 그것이 확실해지는 충격적인 만남과 고백을 맞닥뜨린다. 조엘은 정지된 시간에서 빠져나가려고 오만방자한 쌍둥이 언니를 둔 말괄량이 소녀 아이다벨과 함께 가출을 시도한다.

조엘의 성장에 따라 랜딩에 사는 사람들과 거리 풍경이 몇 번이나 확 바뀌고 반전하는 것이 이 소설에서 가장 대단한 점이다. 마지막 한 줄까지 질릴 일이 전혀 없다. 안개가 자욱한 환상세계에서 갑자기 어른의 세계로 발을 들인 조엘에게 귀신들은 아픔과 소망을 가진, 자신과 대등한 인간이 된다.

"랜돌프 씨." 조엘은 말했다. "나처럼 어릴 때도 있었나요?" 그러자 랜돌프가 대답했다. "나는 말이지, 너처럼 나이를 먹어본 적이 없어." "저기, 랜돌프 씨, 저는 정말로 행복해요." 이 말에 친구는 대답하지 않았다. 이 행복감은 결국 불행하지 않은 것뿐이라고 말하고 싶은 듯했다. 그보다 오히려 조엘은 온몸으로 일종의 균형을 느끼고 있었다. 이제 싸워서 대항해야 할 것은 거의 없었다. 랜돌프와의 대화를 잔뜩 뒤덮고 있던 안개까지 이미 깨끗이 걷혀서 적어도 방해는 되지 않았다. 랜돌프를 완전히 이해할 수 있을 것만 같았다. 이른바 타인을 발견하는 과정에서 많은 인간은 동시에 자기 자신을 찾은 듯한 착각을 느끼는 법이다. 타인의 눈이 자신의 진정한, 그리고 영광스러운 가치를 비춘다는 착각 말이다. 조엘은 지금 이런 감정에 붙들려 있었다. 그것도 너무나 강하게. 거짓이든 진실이든 한 사람의 친구를 완전히 간파하는 승리를 맛보는 경험은 그로서는 이번이 처음이었기 때문이다.

예전에는 '꿈이 이루어지지 않는다면 죽는 편이 낫다!'라고 큰소리를 땅땅 쳤다. 하지만 요새는 이루어지지 않은 꿈이나 깨진 야망에서도 여름의 끝 무렵 같은 허무함의 깊이를 느낀다. 그것대로 나쁘지 않으리라.

● 트루먼 커포티, 『다른 목소리, 다른 방』, 박현주 옮김, 시공사, 2013

성실한 인간만이 자신을
웃음거리로 만들 수 있다

이제야 좀 겨를이 나서 건강검진을 받아야겠다는 생각
이 들어 이 병원, 저 병원 다니고 있다. 예약이 안 되어
몇 시간이고 기다릴 때도 있고, 검사와 검사 사이에 시
간이 많이 뜰 때도 있다. 그런 시간을 유용하게 쓰려고
병원 안에 있는 카페에서 책을 읽거나, 병원을 빠져나
와 성묘를 가거나, 휴대폰을 수리하거나 한다.

알몸을 내보이고, 피를 뽑고, 주사를 맞고, 내 몸속이
어떤 상태인지 꽤 깊숙한 곳까지 사진으로 보았다. 의
사에게 제법 심각한 말을 듣기도 했다. 그다음에 커피
를 마시거나 쇼핑을 한다. 내가 생각해도 약간 뒤죽박
죽이다.

한참 진찰을 받다가 진찰대에서 타이밍을 놓쳐 떨어
지거나, 의사의 지시를 잘못 들어서 엄청난 실수를 하

거나 해서 혼자 웃음이 터져 나올 뻔한 일도 많다. 그러나 고요하게 가라앉은 병원 공기와 고통으로 얼굴을 찡그린 환자들을 보고는 서둘러 입술을 여민다. 하지만 고통과 우스움은 늘 동전의 양면처럼 공존한다. 그러고 보면 요즘 나뿐만 아니라 주변에도 자신이나 가족의 건강 변화를 실감하는 이들이 많아졌고, 꽤나 현실적이고 마음 아픈 이야기를 되도록 밝게 전하는 게 당연해졌다.

『가아프가 본 세상』은 십 대 시절에 무척 재미나게 읽으면서도 엄청난 고통과 체액 냄새가 넘치는 이야기에 절로 몸서리치곤 했던 작품이다. 지금 읽으면 그 살아가는 힘과 유머, 진지한 열정에 멍하니 빠져들 정도다. 아마도 그때보다 피나 점막 따위에 익숙해졌나 보다. 비극적인 죽음을 맞이하는 가아프가 나보다 어리다는 사실에도 깜짝 놀랐다.

유명한 집안 출신의 간호사인 제니 필즈(공평하고 힘찬 데다가 절대로 타협하는 법이 없어서 내가 너무도 사랑하는 인물이다)는 남성 우위 사회에 계속 의문을 제기하는 순수한 페미니스트다. 누군가의 소유가 되지 않은 채 아이를 가지고 싶은 바람을 품고 있다. 그 염원이 이루어진다. 제니는 부상당해 빈사 상태로 실려 온 군인인 가아프와의 사랑 없는 섹스를 통해 가아프를 얻는다.

가아프는 어릴 때 개에게 귀를 물어뜯겨 어딘지 모르게 '결함' 있는 청춘 시절을 보낸다. 그러다가 어머니 제니와 함께 작가로서 세상에 이름을 알리게 된다. 자서전 『섹스의 이단자』로 일약 여성 카리스마의 상징이 된 제니와는 달리 가아프는 감동적인 단편을 써내지만 썩 좋은 평가를 받지 못한다. 가아프는 소꿉친구인 재주꾼 헬렌과 결혼한 후 살림하는 남편이 되어 작품을 계속 써나간다. 그러나 귀를 물어뜯긴 것은 서막에 불과하다. 결국 그는 성기를 물어뜯기고, 혀가 뽑히고, 눈알마저 도려내진다. 온갖 불행과 참극이 가아프 가족과 그 주변을 덮쳐서 우스꽝스러운 죽음이 연달아 등장한다. 마치 안타까움을 모아둔 전시장 같다. 착실히 살아온 인물이 입이 떡 벌어지는 마지막을 맞이하는 것이 가아프의 세상에서는 오히려 당연하다.

그렇다 해도 슬픔이나 상실감을 가볍게 다루지는 않는다. 작품의 밑바닥에는 가아프의 이런 사고방식이 흐르고 있다.

어째서 사람들은 '우스꽝스러우면서' 동시에 '진지할' 수 있다는 것을 이해 못 하는 걸까? 사람들은 대부분 깊이와 진지함, 그리고 열심과 깊이를 혼동한다. 아무래도 진지함을 **가장하면** 진지해진다고 믿는 모양이다. 자신을 웃음거리로 삼을 수 있는 동물은 오직 인간뿐이다. 가아프는 웃음이란 동정심과 관계있는 것이자 인간에게 필요한 것이라고 믿었다.

상처받은 여성들을 위한 커뮤니티를 만든 제니, 섹시하고 지적이며 어딘가 융통성이 없는 헬렌, 자신감 없는 파멸형 인간이지만 왠지 미워할 수 없는 랄프 부인, 출판사에서 일하는 나이 든 청소부이지만 사실은 히트작을 발견하는 재능을 지닌 질시, 강간 피해자로 혀를 잃었지만 가슴속에 넘치는 말을 담아두고 있는 엘렌, 가아프의 좋은 친구가 되는 성전환자 로바타 등 언제나 힘이 되어주는 여성 인물들의 매력이 눈부시다. 솔직히 꽤 많은 쪽수가 할애된 가아프의 작품보다 아주 조금 소개된 『섹스의 이단자』를 읽고 싶은 마음이 굴뚝같다. 내가 질시도 아니건만! 하지만 결국은 가아프에게 빨려든다. 글쓰기를 통해 상처를 극복하려는 자세, 신경질적이고 흘려듣는 기술 따위는 전혀 없으면서도 온갖 것에 참견하고 주위에 아낌없이 사랑을 퍼주는 삶의 방식에.

가아프의 시점으로 세상을 보노라면 이런 생각이 자연스레 든다. '어차피 대면해야 하는 아픔이라면 재미 포인트를 찾아보자.' 신기하다.

● 존 어빙, 『가아프가 본 세상 1, 2』, 안정효 옮김, 문학동네, 2002

나의 세계명작극장

어릴 적 〈세계명작극장〉이라는 TV 프로그램이 있었다. 고전 아동문학을 원작으로 한 만화영화를, 마치 책장을 넘기듯 느린 전개로 장기간 방영했다. 그 덕분에 『소공녀』나 『작은 아씨들』이 대충 어떤 이야기인지 아이들 모두가 알았다. 책 읽기를 좋아하는 아이든 그렇지 않은 아이든 세세한 부분까지 거의 기본 지식처럼 꿰뚫고 있었다. 특히 한밤중 파티나 절인 라임(소금에 절인 라임으로 『작은 아씨들』에 등장하는 유명한 음식—옮긴이) 이야기가 나오면 한참 떠들어 댔다.

PHP에서 에세이 연재 의뢰를 받았을 때 가장 먼저 떠오른 것이 바로 〈세계명작극장〉이었다. 언제부터 시작했는지 잘 모를 만큼 오래, 꾸준히, 날마다 같은 느낌으로 제목만큼은 누구라도 아는 고전 명작을 읽어나가기. 그런 연재를 해보고 싶었다. 여기에서 다룬 작품들은 여러 번 읽은 책도 있지만 처음 도전한 책도 있다. 『모비 딕』이나 『위대한 유산』 등은 언젠가 읽고 싶다고 생각하면서도 너무 두꺼워서 자꾸만 읽기를 미뤘던 작품이다.

하지만 정작 책장을 넘기면 지금을 사는 우리와 별반 다르지 않은 콤플렉스를 지니고 갈등하는 사람들이 기다리고 있었다. 그들은 우리보다 훨씬 꼴사납지만 그런 모습에 전혀 신경 쓰지 않는다. 예전부터 그랬는데, 객관성 없는 등장인물일수록 내 심장을 두근거리게 만든다. 그래서 고전이라 불리는 작품에 끌리는지도 모른다.

'이런 책을 읽었지'라고 추억을 떠올리거나 '잘 모르지만 재미있어 보이네'라고 생각해준다면 무척 기쁘겠다. '아직 읽을 마음은 안 들지만 이 고전은 대충 이런 이야기구나' 하고 기억해준다면 내 나름대로는 〈세계명작극장〉 역할을 한 셈이겠지.

독자 여러분, 오랜 시간 함께해주셔서 진심으로 고맙습니다. 담당 편집자인 고토 님, 단조 님, 야마다 님, 이런 기회를 주셔서 정말 감사합니다.

옮긴이 **박제이**

출판 기획·번역자. 고려대학교 문예창작학과를 졸업하고 이화여자대학교 통역번역대학원에서 한일전공 석사 학위를 취득했다. 옮긴 책으로는 엔조 도, 다나베 세이아의 『책 읽다가 이혼할 뻔』, 기타오지 기미코의 『싫지만 싫지만은 않은』, 이와고 미츠아키의 『고양이』, 신카이 마코토의 『너의 이름은.』 등이 있다.

KI신서 8001

책이나 읽을걸

1판 1쇄 인쇄 2019년 2월 8일 | **1판 1쇄 발행** 2019년 2월 18일

지은이 유즈키 아사코
옮긴이 박제이
펴낸이 김영곤 박선영
펴낸곳 (주)북이십일 21세기북스

콘텐츠개발4팀장 가정실
책임편집 정지연 **디자인** 이성희
마케팅 본부장 이은정
마케팅1팀 최성환 나은경 박화인 **마케팅2팀** 배상현 신혜진 김윤희
마케팅3팀 한충희 최명열 김수현 **마케팅4팀** 왕인정 김보희 정유진
홍보기획팀 이혜연 최수아 박혜림 문소라 전효은 염진아 김선아 양다솔
해외기획팀 임세은 이윤경 장수연 **제작팀** 이영민

출판등록 2000년 5월 6일 제406-2003-061호
주소 (우 10881) 경기도 파주시 회동길 201(문발동)
대표전화 031-955-2100 **팩스** 031-955-2151 **이메일** book21@book21.co.kr

ⓒ 유즈키 아사코, 2019

ISBN 978-89-509-7958-4 03830